あの時私は死ぬはずだった
誰かを好きになったとしても
ある日一瞬ですべてが消えてしまう——
吉崎さん
そう思っていた
水泳大会の係一緒にがんばろ
君に出会うまでは

見たくないの
好きだったから…
パパもママも
大切な人が
突然いなくなって
しまうのが怖いの
ずっと一緒に
いたかったのに…
たとえいなく
なったとしても
一緒に過ごした
時間は消えないよ
水野くん…

水野くんみたいなカッコいい男子に味方してもらったら
女子の嫉妬が怖いよ
またカッコいいとか…
そういうのはっきり言わないでよ
ずるいから
うん？
いや意味がわからないならいいけどさ
え！なにそれ
水野くんといると毎日が楽しい
こんな幸せあっていいのかな…

どうしたって
俺は君に恋をする
運命だったんだと思う
私も
水野くんのことが…！
君がくれたこの恋は
きっと一生の宝物になる――

野いちご文庫

あの時からずっと、君は俺の好きな人。

湊祥

STARTS
スターツ出版株式会社

contents

characters

Ai Yoshizaki

吉崎《よしざき》藍《あい》

ひそかに心の傷をかかえている高校二年生。普段はそつなく学校生活を送っているけれど、過去に事故で両親を亡くしたショックから立ち直れずにいる。

Sota Mizuno

水野《みずの》蒼太《そうた》

藍と同じクラスで、優しくてイケメンな人気者。なぜか藍の心の傷に気づいており、水泳大会の係で一緒になったことから、いつも藍のそばにいて励ましてくれるように。

笹川《ささがわ》美結《みゆ》

藍の親友で、元気な性格が取り柄。事故がきっかけで心を閉ざしてしまった藍のことを心配している。

内藤《ないとう》 涼太《りょうた》

居眠りばかりのマイペース男子だけど、意外にも泳ぐのが速く、浩輝たちと一緒に水泳大会の選手に選ばれる。

新田《にった》 浩輝《こうき》

サッカー部に所属しており、明るい性格で女子からモテる。蒼太と仲がいい。

三上《みかみ》 舞《まい》

美人で、男女問わず人気がある。藍のことをよく思っていないそぶりを見せるが、なにか理由があるようで…？

坂下《さかした》 小春《こはる》

マジメでおだやかな性格の女の子。水泳大会の選手を快く引き受けてくれる。

——あの時、私は死ぬはずだった。

六年前に、突然《とつぜん》なんの前触《まえぶ》れもなく、大好きだった両親を私は失ってしまった。七百名以上が犠牲《ぎせい》になった、凄惨極《せいさんきわ》まりない新幹線の脱線《だっせん》事故によって。私はその事故の唯一《ゆいいつ》の生き残りだった。

事故のあとから、何事にも無気力になり、いつ死んでもいいと思うように、私はなってしまった。

——どうせなにかをがんばっても。誰《だれ》かを好きになったとしても。ある日一瞬《いっしゅん》ですべてが壊《こわ》れてしまうかもしれない。

だけどそんな時、クラスメイトの水野蒼太《みずのそうた》くんと一緒に、私は水泳大会の係をやることになってしまう。

常に明るく無邪気《むじゃき》で、何事にも前向きに取り組もうとする水野くん。次第に彼《かれ》に惹《ひ》かれていった私は、徐々《じょじょ》に前向きさを取《と》り戻《もど》していった。

だけど水野くんには、悲しく切なく、そして優しい秘密があって——。

プロローグ

二〇一二年六月　生存者は一名のみ

【藍《あい》side】

「まだふてくされてるの？　藍」

隣に座るママがあきれ気味に言う。

私はそれに答えずに、水族館でお土産に買ってもらったジンベエザメのぬいぐるみを抱《だ》きしめて、窓の外を見ていた。

揺《ゆ》れる窓から見えるのは、緑の生い茂る山々と、その尾根の隙間《すきま》から時折見える、澄《す》んだ青空のみの退屈《たいくつ》な風景。

――ここは新幹線の中なのだ。

大阪《おおさか》で開催された、ジュニア水泳の全国大会に出場した帰り。新横浜《しんよこはま》行きの新幹線に、私たち一家は乗車していた。

四歳《さい》から水泳を始めた私。最初は幼稚園《ようちえん》の友達に誘《さそ》われて、遊びの延長でやっていただけだったけれど、才能があったみたいで、二、三年前から周囲がざわわしてきている。

詳《くわ》しいことはよくわからないけれど、私は、将来国際大会への出場が期待されているほどの、有望なスイマーなんだって。

だけど、パパとママはのんきなもんで「イヤならやめてもいいよ。でも、やるならがんばりなさい」というスタンス。

だから私はプレッシャーを感じることなく、楽しみながらがんばれていた。

ひとり娘《むすめ》ということもあってか、パパとママは、出場する大会にはいつも駆《か》けつけて全力で応援《おうえん》してくれる。今回の大阪の大会も、もちろんふたりともついてきてくれた。

だけど、大会の日程はたった一日だったのに四泊《ぱく》五日も滞在《たいざい》したから、いつの間にか家族旅行がメインになっていたような気がする。

ホテルのプールで遊んで、水族館に行って、日本で二番目に人気のテーマパークへ行って、たこ焼きを食べて。

そして藤井寺市《ふじいでらし》にあったガラス工房《こうぼう》の体験教室で、とんぼ玉のミサンガを作成した。かわいくできたから、気に入っていた。

——それなのに。

「どこに落としちゃったんだろうね？」

ママの奥《おく》に座るパパが、私をなだめるように言う。

そう、私はせっかく作ったミサンガを紛失《ふんしつ》してしまったのだ。新大阪駅に着いた時は、たしかに腕《うで》に着けていたのに。

乗車して新幹線が発車したあと、自分の手首から消えていることに気づいた。

「——わかんない」

私はうつむいたままぼそっと答える。

するとママがため息をついた。

「駅に落としたのよ。しょうがないじゃない」

「――でも、かわいかったのに」

「そんなに落ち込まないの。せっかくバタフライの部で準優勝したのに。六年生ばっかりの中、五年生の藍が二番になったなんて、すごいよー？」

ママの言葉からは、私を元気づけようとしているのがわかったけれど。どんなに慰《なぐさ》められても、ミサンガをなくしてショックな気持ちは消えない。

「よし、じゃあわかった」

するとパパが名案を思いついたかのように、明るい口調で言った。

「横浜に着いたら、なにか欲しいもの買ってあげるよ」

「え……ほんと!?」

パパの言葉に、どんよりとしていた私の心が一気に晴れる。

「うん。準優勝のご褒美《ほうび》ね」

ニコニコして言うパパに、私も満面の笑みを返す。

ママは額に手を当て、おおげさにため息をついた。

「ちょっと！　パパはいつも藍を甘《あま》やかしすぎよー！」

「いいじゃんかー、藍も水泳がんばったんだし」

「そうだよー、ちゃんと私をお祝いしてよー」

「もう、あんたたちは！　しょうがないわねー！」

そんな会話をしながら三人で笑いあう。

大阪は楽しかったからもうちょっといたかったけれど、そろそろ家も恋《こい》しい。

ママが作るおいしいご飯を食べて、パパと一緒にゲームをして。三人でテレビを見てくだらないことで笑って。

そんな時間が好きだった。

なによりも大切で、私は幸せだった。

――それなのに。


車内が突然、大きくぐらついた。

そして次の瞬間、体がふわりと浮《う》いたと思ったら、ジェットコースターのような勢いで急降下している感覚に陥《おちい》った。

周囲から悲鳴のような声も聞こえてきた。

――新幹線の中での私の記憶《きおく》は、ここまで。

これ以上は、なにがあったのかどうしても思い出せない。記憶がすっぽりと抜《ぬ》け落ちていて。
気がついた時には、私は病院のベッドの上だった。
すでにそこは、パパとママは存在しない世界だった。

毎朝《まいあさ》新聞　２０１２年６月12日　朝刊

新幹線脱線、７００名死亡

６月11日、新大阪発の新幹線『かえで１６５号』が、静岡《しずおか》─浜松《はままつ》間で脱線し、高架《こうか》橋《きょう》から落下。乗員乗客７０１名のうち７００名が死亡した。原因は調査中だが、老朽化の可能性が高い。事故直後は他にも生存者がいたとみられるが、12日未明の時点で生存者は神奈川県在住の10歳女児、１名のみ。

──生存者は、一名のみ。

二〇一八年六月　ひと突きで、ひと思いに

鏡を眺《なが》めて前髪《まえがみ》を直したり、メイクの崩《くず》れがないかチェックする美結《みゆ》。

休み時間の恒例《こうれい》行事。相変わらず手を抜いてないなあ、と私は感心するしかない。

「高校になれば彼氏できると思ったのにさあ。気がつけばもう高二の五月ですよ、まったく」

つけまつ毛をバサつかせながら美結が言う。

美結のメイクは濃いめだけどケバい感じはなくて、毎日大変かわいらしく仕上げている。お見事です。

もう少しメイクが薄《うす》い方が男子からは好かれる気がするのだけれど、美結は男にこびるためではなく、自分がやりたくて盛りメイクをするタイプだ。

そのあけすけっぷりが親しみやすい美結は、男女問わず『美結ちゃん』と呼ばれて親しまれている。そしてモテる。

「美結は理想が高いんでしょー。よく告《こく》られてるじゃないですか。その中から選んだらどうですか」

机に突《つ》っ伏《ぷ》すような姿勢をした私は、前の席の美結に顔だけ向けて、気だるく言う。

「いやいや、ありえないでしょ。私も好きな人じゃないと付き合うとか無理だから」

「――純だよねえ、意外と。で、今好きな人はいるんだっけ」

「いない！」

「じゃあ彼氏なんてできるわけないじゃん」

私が冷酷《れいこく》に真実を突きつけると、美結は口を尖《とが》らせた。

「どこかに優しくて包容力があって大人なイケメンいないの!?　それ以外の人に告られても意味なーい！」

「……はあ」

高校生男子にはなかなか無茶な条件を叫《さけ》ぶ美結に、私は苦笑を浮かべる。

「あんまり告られたことない私に対するイヤミですか、美結さん」

「えー、でもなんかこの前さー、知らない男に電話番号もらってたじゃん。ほら、あんたの家がやってるお店で」

「ん……？　ああ。そういえば」

現在、私が住んでいるのは、一階でパン屋を営む叔母《おば》の家だ。

叔母は夏美《なつみ》という名前で、私はなっちゃんと呼んでいる。

そういえば、お店でなっちゃんの手伝いをしていた時に、大学生らしきお客さんから連絡先《れんらくさき》が書かれた紙を渡《わた》されたことがあった。

以前、美結にその話をした気がする。

今美結に言われるまで、そんな出来事なんて忘れていた。

「――ああ。たしかに興味がない人にアプローチされても意味ないね。美結の言うことわかったわ」

「でしょー！　藍も理想高いじゃーん」

「はは……」

美結の言葉に私はあいまいに笑う。

理想が高いというか……。私は、恋愛《れんあい》には不向きな体質なのだ。

——きっと、私が恋愛に全身全霊《ぜんしんぜんれい》をかけることなんて、この先ないだろう。

いや、恋愛だけじゃなくて、きっとすべてのことに。

「あ、そういえば藍」

「ん？」

「修学旅行……どうすんの？」

美結が少し心配そうな顔でたずねてきた。

七月にある修学旅行の行先は——大阪だった。

そして、往路も復路も新幹線だ。

美結は小学校低学年の頃《ころ》からの親友だ。当然、私がどんな過去を背負っているのかを知っている。

いや、この学校に私の境遇《きょうぐう》を知らない人なんて、ひょっとしたら皆無《かいむ》なのかもしれない。

小学校からの同級生は美結以外に何人もいるし、私の名前は一般的《いっぱんてき》な女子高生よりも少しだけ有名だ。

あの事故が起きた当時、唯一の生き残り、奇跡の少女、なんていう枕詞《まくらことば》で私の存在をメディアがこぞって紹介《しょうかい》していたためだ。

もちろん私はそんなことは望んでいなかったけれど、子どもだった私は、はっきりと拒絶《きょぜつ》することはできなかった。

――たったひとりの生存者が、まだ小学五年生の少女。同乗していた両親は亡くなったけれど、少女は懸命《けんめい》に生きていく。

そんな感動ストーリーが、世間の人間は大好きだ。

まあ、最近は私の周りにメディア関係者がうろつくことも少なくなったけど。たまに来た時も、なっちゃんが追い払《はら》ってくれている。

――というわけで、私が〝奇跡の少女〟ということは、おそらく学校中のみんなが知っている。

私の知らないところで、小学校や中学校の同級生たちが『吉崎《よしざき》さんって、噂《うわさ》の奇跡の少女なんでしょ？』と私のことを話題にしている様子は容易に想像できる。

実際『あの子が例の事故の子だよ』とひそひそ言いながら私をちらちら見る光景を何度も目にしているし、私と話す時になんとなく同情めいた目を向ける人間も多い。

中学までは『悲劇のヒロインぶりやがって』なんて、イヤミを言われたこともあった。

小学校時代、中学校時代の前半の私は、事故のショックでふさぎ込んで、事故以前のように楽しく友達と話すこともままならなかった。

きっとそんな私が、ほかの子どもたちにとってはうっとうしく見えたのだろう。けれど、高校になってからはみんなそんなことどうでもいいのか、なにも言われなくなった。

私ももう、イヤミを言われたくなかったので、高校に入学してからは、表面上は事故のことなどまるでなかったかのように振る舞っている、という点も大きいかもしれない。

――そう、表面上は。

「うーん……まだ考え中」

「そっか」

「先生もギリギリまで悩《なや》んでいいって。なっちゃんもお金のことは気にしなくていいから、出発直前まで考えていいよって」

大阪も新幹線も、例の事故以来縁《えん》がない。

六年も経っているので、イメージがぼんやりしている。

実際にあの事故にかかわるものを前にして、自分がどうなるかよくわからなかった。

だから私は迷っていた。

パニックになる可能性も考えて、念のためキャンセルしようかとも思った。

だけど、修学旅行に行かないとなると、なんだかんだ言ってクラスで話題にされそうな気がしたし。

ただでさえ奇異の目で見られることが多いのに、これ以上目立つのは勘弁《かんべん》だった。

「まあ、私は藍と一緒に修学旅行に行きたいけどさ。……でも、無理しないでね」

「──うん」

見た目は派手だけど、美結は優しい。

事故の前となんら変わらず、仲よくしてくれている。

──私の内面は、事故の前と事故のあとで別人のように変わってしまったというのに。

「ただいまー」

私が出入り口のドアを開けるとチリンチリン、とドアの上部につけられている鈴《すず》が鳴る。

同時に、香《こう》ばしいパンの匂《にお》いが鼻腔《びこう》を刺激《しげき》した。

「おっかえりー」

レジカウンターの奥からなっちゃんが元気そうに手を振《ふ》る。

まだ十六時前だからか、お客さんはいなかった。

これがもう少し遅《おそ》い時間になると、レジ前には行列ができるのだけど。

製パンの専門学校を卒業後、二年ほどパン屋で働いて修業をしたなっちゃんは、二十二歳という若さで自分のパン屋を開業した。

――開業は事故より少し前だったはず。

現在は二十九歳。母よりひと回りも年下の、いつも明るくかわいらしいなっちゃん。

幼い頃から実のお姉ちゃんのように、かわいがってくれていた。

そして両親の葬式《そうしき》の当日、親戚《しんせき》の間で面倒《めんどう》くさそうに扱《あつか》われていた私をかばって『私が引き取る！』と強く言ってくれた。

その時、なっちゃんに対して『保険金目当てだろ』とか、最低なことを言う親戚もいた。

小学五年生のまだ幼い子どもだったとはいえ、私がいる前でそんなこと言うかな、普通《ふつう》。

でも、なっちゃんは『そうだよ！　だって保険金はこの子が幸せな生活をするために必要だもん！　遠慮《えんりょ》なくもらうよ！』と豪快《ごうかい》にたんかを切った。

パンの売れ行きが好調だから、保険金を使う予定は今のところないらしいけど。

一度『いつか藍が結婚《けっこん》して新しい家庭を築くことになったら、お父さんとお母さんが残してくれたお金を渡そうと思ってるよ』と、なっちゃんが言っていたのを覚えている。

――嬉《うれ》しいけれど、そんな機会は訪れない可能性が高くて、申し訳なく思っていることは、なっちゃんには絶対に言えない。

「あとでお店手伝ってくれる？」

なっちゃんは人なつっこく笑いながら言う。

主にレジやパンの陳列《ちんれつ》のみだけど、私はほぼ毎日お店を手伝っていた。

そりゃそうだよ、お世話になってるんだし。

「――うん。あ、でも宿題終わってからでいい？」

「いいよん。できれば十七時くらいからお願いできるかな？　お客さんいっぱい来ちゃうからー」

「おっけー」

そう答えて、なっちゃんに微笑《ほほえ》み返す。

するとなっちゃんが、笑みを浮かべながらも少し真剣《しんけん》な目つきになった。

「……あ。明日の準備大丈夫？」

——明日は六月十一日。例の事故から六回目の、六月十一日。

両親の七回忌《ななかいき》にあたる。

毎年この日は、事故現場に遺族が集まり、犠牲者へ鎮魂《ちんこん》の祈《いの》りをささげる慰霊《いれい》の集いが行われる。

両親を失った私も、当然毎年参加していた。

「うん、大丈夫」

私はなっちゃんと目を合わせ、静かに言う。なっちゃんは安心したような表情で「そっか」とだけ言った。

そして、私はレジ奥の扉《とびら》から住居エリアに入って、廊下《ろうか》を歩いて階段をのぼり、自室へと入った。

すぐに宿題をやろうと思っていたのに、自分の部屋に入った瞬間に、一気に気が抜けてしまい、私は思わずベッドにダイブした。

そして仰向《あおむ》けになり、天井《てんじょう》をぼうっと眺める。

——あの日、パパとママが突然いなくなってしまった。

それまで毎日が楽しくて、幸せだったのに……なんの前触れもなく、粉々に壊れてしまった。

あれから、明日で丸六年。

私はすべてのことに対して無気力で、なにかに熱を持つこともなく、ぼんやりと毎日を過ごしていた。

水泳とか、勉強とか、なにかをがんばったところでもう喜んでくれるパパとママはいない。

なっちゃんは喜んでくれると思うけど、また突然いなくなってしまうかもしれない。

なにかに本気になったところで。

——誰かを好きになったところで。

ある日突然、無意味なことになってしまうかもしれない。

あの事故で、大切な家族を失った人を大勢見てきた。

一家全員亡くなってしまった家族だって何組もあった。

結婚間近の恋人を失い、泣き崩れる人。

親しいいとこの家へ行くためにひとり旅をしていた、小学生の息子を失った両親。

あの日の事故は、それまで積みあげてきた幸せを、なんの前触れもなく、一瞬で無慈悲《むじひ》にも破壊《はかい》した。

——そんなことがまたいつか起きるかもしれない。

もしかしたら近いうちに。いや、明日に。ひょっとすると数秒後に。

だから、毎日を淡々《たんたん》とこなすだけ。

可もなく不可もなく、ぼうっとそつなく生きていく。自然とそうなっていった。

あんなに好きだった水泳は、あれ以来やっていない。

授業ですら拒否している。やる気なんて起きるわけない。

事故からしばらくして、少し心が落ち着いた頃、パパやママが天国から見ているかもしれないから、がんばって生きていこう、水泳もまた一生懸命やってみようと思ったこともあった。

だけど、どんなにがんばっても、大会でいい成績を収めたとしても、それを喜んでくれるパパやママは、隣にいない。

天国なんてきっとない。あったとしても、私のそばになければ、なんの意味もないんだ。

そういう考えになってしまった私は、やはり水泳を再開することはできず、次第になにもかもをあきらめていった。

そしてあきらめると同時に、表面上で友達とそれなりに楽しく話したり、遊んだりするのは、たやすかった。

だって、起こった出来事にいちいち感情が浮いたり沈《しず》んだりすることはないのだから。ただ、その場の流れに身を任せるだけなのだから、楽だったんだ。

中学二年生になった頃から、私はそうやって毎日をなんの意味もなく過ごしていたのだった。

ときどき、生きている意味すらないような気がして、消えてしまいたくなるけど、自殺を実行するようなやる気も度胸もなくて。

自殺はなっちゃんが自分を責めてしまうと思うし。

だけど私は——べつにいつ死んでもいい。本来は六年前に死んでいたはずだろうから。

だから、こんなふうに抜《ぬ》け殻《がら》のようになって、色のない毎日を送るようになってしまったんだ。

通り魔《ま》か誰かが、ナイフで刺《さ》してくれないかなとすら思う。

だけど、痛いのはやっぱりイヤだから、心臓をひと突きで。ひと思いに。

——そう、できることならば、即死《そくし》でお願いしたいのだ。

次の日、目が覚めると、頬《ほお》が涙《なみだ》で濡《ぬ》れていた。直前まで夢を見ていた気がするけれど、内容は覚えていない。

——またか、と思った。

たまにこういうことがあった。なんとなく、事故に関する夢なんだろうということはわかっていた。

それも、私の記憶がない事故直後から、病院のベッドで気がつくまでの。

枕もとのスマホを見ると、アラームをセットしていた時間のちょうど五分前だった。

私はアラームのセットを解除し、身を起こそうとする。

――しかし。

その瞬間、頭がぐらついてめまいがした。そういえば寒気がするし、喉《のど》も痛い。

私はスマホをタップして、震える手でなっちゃんに『風邪《かぜ》ひいたかも』とメッセージを送る。

すると、ドタドタと足音を響《ひび》かせながら、すぐになっちゃんが体温計を片手に部屋へ入ってきた。

なっちゃんは大層心配そうな様子で、私にこうたずねた。

「風邪⁉　大丈夫⁉」

「うーん……寒気と頭痛がある。気持ち悪くはないよ」

「とりあえず熱測ろ！」

そしてなっちゃんから受け取った体温計を脇《わき》に挟《はさ》む。ピピッと電子音が鳴ったあと、
画面に表示された数字は……。

「――あちゃ。三十八・一度だって」

私は苦笑を浮かべて言った。

「あらら……今日の慰霊の集いは無理だね。お休みしよ」

「……うん」

パパとママに悪い気がしたけれど、こんな高熱で人に会うのはさすがに無理だ。私はか細い声で承諾《しょうだく》した。

「私も看病するから、慰霊の集いには行かないね。病院行く？　なにか食べられそう？」

「え、いいよ、そこまでしてくれなくて。なっちゃんは行ってきて！」

なっちゃんだって、姉である私の母を弔《とむら》いたいはず。それに、本当に看病してもらうほどひどい状態ではなかった。きっと、一日寝《ね》ればよくなるはず。

実は、昨日はこの時期にしては肌寒《はださむ》い日だったのに、お風呂《ふろ》上がりに今日の慰霊の集いのことをぼんやりと考えているうちに、布団をかけないまま寝てしまったのだった。

きっとそれが原因の、よくある風邪に違いないから、あんまり心配はないだろう。

「でも……藍のこと心配だよ」

「本当に大丈夫だよ。動けないほどじゃないから。――私もなっちゃんも行かなかったら、パパとママが心配するよ」

私がそう言うと、なっちゃんは少し黙《だま》ったあと、真剣な面持ちで頷《うなず》いた。

「――それもそうだね。それなら私は行ってくるから。でも、なにかあったらすぐに連絡するんだよ」

「うん。パパとママによろしく言っといてください」

「了解《りょうかい》です」

なっちゃんはいつもの親しみやすい笑みを浮かべた。

そして「冷蔵庫にヨーグルトとゼリーが入ってるよ。戸棚《とだな》にはリンゴもあるし。食べられたら食べるんだよ」と言って、私の部屋をあとにした。

外から軽く車のエンジンの音が聞えてきた。なっちゃんが出発したようだ。

そのあと、熱のせいか私はすぐにうとうとしてしまった。


――そして気がつくと、また涙が瞳《ひとみ》の端《はし》からこぼれていた。もちろん、夢の内容は覚えていない。

途中《とちゅう》、冷蔵庫にあったゼリーを少し食べたりもしたけれど、一日中だるくて寝たり起きたりしていた。

そして、寝て起きる度に涙が出ていた。いくらなんでも頻度《ひんど》が高すぎる。今日が七回忌だからなのかな。

私は記憶のない夢の中でなにをし、なにに対して泣いていたんだろう。

そんなふうに疑問を覚えたことは、一度や二度ではない。事故直後に、私にいったいなにがあったんだろう。

どうしても知りたくて、必死に記憶をよみがえらせようと脳をフル回転してがんばったこともあったけど、やっぱり思い出せず、徒労に終わった。

そもそも、事故当時のことは記憶がある時のことですら、ぼんやりとしている。あまりにも現実離れしすぎていて。

そんな状態なのに、記憶がない時のことなんて、思い出せるわけがない。

ひょっとすると、事故の時と同じ状況《じょうきょう》を再現すれば、なにかを思い出すことはできるかもしれない。

そう、新幹線にもう一度乗れば。

だけど、パパとママの命を奪《うば》った、あの白い悪魔に再び乗る勇気なんて、私にあるはずなかった。

失った記憶に、そこまでして思い出すほどの価値があるのかどうかもわからないし。

医者や事故の調査委員からは『あまりにショックな出来事だったから、きっと人間の防衛本能で忘れようとしているのだろう』と聞かされたことがある。

本当にそうなのかもしれない。たとえば、両親の無残な死体とか、事故直後は生きていた人たちが死んでいく姿を見ちゃったとか。

まあ、そんな記憶だったら私だって思い出すのはごめんだ。

——だけど。

なにか大切なことを忘れているような……なぜか、そんな気がする時がある。

しかし無気力症候群《しょうこうぐん》で抜け殻の私は、しばらくすると『まあいいや』と思い、次にまたこの夢を見るまでどうでもよくなってしまうのだ。

——六年間何度繰《く》り返したことか。

——と、寝ては泣いて目が覚め、寝ては泣いて目が覚めといった一日だったけれど、夕方にはあっさりと熱が下がり、頭痛も吐き気も収まってくれた。

そんなふうに少し体調がよくなって、リビングのソファに寝そべっていた時になっちゃんが帰ってきた。

「おかえり、なっちゃん」

「ただいまー。ベッドで寝てなくて大丈夫なの？」

スーパーの袋《ふくろ》を床《ゆか》に下ろしながら、私の顔をじっと眺めて言う。

たぶん、風邪の私でも食べられそうな料理を作るための材料を買ってきてくれたのだろう。

「うん、もうだいたい平気だよ」

私は寝っ転がりながら、少し微笑んで言った。

「そう？　よかったー。今おかゆ作るからね」

「うん、ありがとう。──慰霊の集い、どうだった？」

私がたずねると、キッチンに入ったなっちゃんが鍋《なべ》を片手にこう答えた。

「うん。去年と流れはだいたい同じだったよ。お坊《ぼう》さんがお経唱えてくれたり、近くの川に灯篭《とうろう》流ししたり。……やっぱり、行きたかった？」

「──ううん」

行ったところで、べつにパパやママがいるわけじゃない。

唯一の生き残りの私は、インタビューされたり無駄《むだ》にカメラに追われたりして、落ち着かない行事。

遺族として参加が必須《ひっす》なことは理解しているが、どちらかというと、行きたくはない。

「……あ、でもそういえば」

するとなっちゃんがなにかを思い出したかのような言い方をした。

「ん？」

「人、去年より少ない気がしたわ。年々減ってきているわね、たぶん」

「──そう」

事故から六年も経つのだ。一周忌には来ていた遺族の親戚も、七回忌ともなれば出席を控《ひか》えてもなんら不思議はない。みんな、日々の生活だってあるんだし。

——そう、あれからもう六年も経つ。

きっと世間では過去の出来事。遺族の中には、踏《ふ》ん切《ぎ》りをつけて毎日を過ごしている人もいるだろう。

だけど私は。私の心は。

あの日から、時が止まって凍《こお》りついたままだ。

二〇一八年六月　カレーパンの好きな男の子

　翌日、学校へ行き教室に着いた瞬間、美結が私のもとへ駆け寄ってきて、土下座でもするかのような勢いでいきなり謝ってきた。

「ごめん！　ほんっとうにごめん！　藍！」

「な、何事？」

　美結の勢いに気圧されながら席に着く私。昨日のだるさは少し残っていたけれど、今日は体育もないし、普段どおり過ごすのには問題なさそうだ。

「スマホにメッセージ送ったんだけど、見てないよね？　既読になってないし」

「あ……ごめん」

　昨日は具合が悪くて夕方まで伏せっていたし、もともと頻繁《ひんぱん》にスマホを見る習慣が私にはないから、通知の確認をしていなかった。

「昨日さ、藍休んだでしょ？　七回忌で」

「――ああ」

　七回忌の集いには行かなかったけれど、風邪ひいたなんて言うと美結は絶対心配するから、私は言わないことにした。

「それでさー、昨日は校内水泳大会の係を決める日だったのね」

　校内水泳大会は、うちの学校独自のイベントだ。

　うちの学校は水泳部が全国大会に出場するレベルの強豪で、その水泳部に通年練習させるために数年前に屋内プールが建設された。

体育の授業でも水泳は五月から十月までと、一般的な高校よりも長い期間行うことになっている。

ちなみに、クラスメイトには塩素アレルギーで入れないということにしている。美結は真実を知っているけどね。

——まあ、先生には事情を話して、私はプールの授業は見学しているのだけれど。

もうプールには入れない私が、水泳に力を入れている今の学校を選んだのは、家から近かったのと、美結が入学を希望していたからだった。

事故の前も、事故のあとも。変わらずに私と仲よくしてくれる美結。

高校受験の時も、一緒にこの学校にしようと誘ってくれた。

新たに友人を作る気力なんてなかった私は、美結に感謝しかない。

そんな感じで入学したこの学校には、毎年七月初旬《しょじゅん》に、校内水泳大会という、水泳のクラス対抗《たいこう》リレーを屋内プールで行う行事があった。

リレーに出るのは男子三名、女子三名。

水泳部が出ると勝負にならなくなってしまうので、水泳部を除いたメンバーをクラス内で選ばなくてはならない。

その大会の競技のタイムを測ったり、用具の準備をしたりする運営係が各クラスから男女一名ずつ選出される。

——って、美結が謝ってくるということは、まさか。

「もしかして……私が係になった？」

「——うん」

私の問いかけにおそるおそるというように頷く美結。私は頭をかかえた。

「マジですか……」

「ご、ごめん！　私のせいなんだ！　立候補いなくてくじ引きになったから、藍の分も私が引いたら、見事に当たっちゃって……」

「なるほど……」

水泳大会当日まで、選手は放課後に残って練習するし、係もそれに付き合わなければならない。

かなり面倒な係だと一年生の時から有名だったので、みんなが敬遠するのも無理はない。

私だって、できればやりたくないけれど、なってしまったものは仕方ない。くじ引きだし、美結は悪くないもん。

「まあ、いいよ。ちゃんとやるよ、私」

「ほんとに申し訳ないです……」

「今年もプールには入らないつもりだったし、係くらいやった方がいい気もするしね」

「さっすが藍！　そう言ってくれると思ってました！」

私が承諾すると、手のひらを返したように悪びれもせず持ちあげてくる美結。調子に乗るな、と小さく言って私はふざけて美結を小突いた。

すると美結は笑いながら、ちょっといやらしい笑顔を浮かべた。

「あ、それで男子の係に決まったのがねー。なかなか楽しく一緒にできそうな人だよ」

「え？　誰？」

「水野くん！」

みずの……くん？

「――ごめん、誰だっけ」

名前に心当たりがなくて、私は首をかしげる。すると美結は驚《おどろ》いたように目を見開いた。

「はぁ⁉　なんでクラスメイトのこと覚えてないの⁉　もう二年二組が始まって二ヶ月だよ⁉　しかも水野くんだよ⁉」

「……はぁ」

味気ない毎日を過ごしてる私は、必要以上に人の顔を覚えようとしなかった。一年生の時のクラスメイトだって、結局全員は覚えていない。

なんだかんだ言って女子は話す機会が多いから自然と覚えられるんだけど、男子とはかかわりが少ないから記憶にインプットされなかった。

二年生に進級してまだ二ヶ月たらず。目立つ男子の数人が、やっと名前と顔が一致《いっち》するようになってきたという段階だ。

「ほら！　あそこ！　窓際《まどぎわ》で新田《にった》くんと話してるのが水野くん！」

まったくピンときていない私に痺《しび》れを切らしたように、美結が言う。窓の方へ目を向けると、新田くんと話している男子の姿が見えた。

新田浩輝《こうき》くんは一年生の時からサッカー部のレギュラーだし、背も高くて顔も整っていて、女子に人気がある男子だ。

黒くて短い髪に日に焼けた肌。シュートを決めた時に、白い歯を輝《かがや》かせながら笑う様は、まるで少女漫画《まんが》に出てくるような理想の男の子だった。

まさに正統派のイケメンといった感じである。

直接かかわっていなくても目立つ人だから、私もすぐに覚えられた。

しかしその新田くんと話している水野くんとやらは、私のメモリーには記憶されていなかった。

身長は新田くんと同じように高く、一七〇センチ台後半はあるだろうか。切れ長の目に通った鼻筋は、美形と呼んでも差し支えない。

少し明るく染めたココアブラウンの髪が、よく似合っていた。

正統派イケメンの新田くんとは違い、そのクシャッと人なつっこそうに笑う表情からは、無邪気で元気そうな少年といった印象を受ける。

見た目は目立つタイプ。黙っていても女子から好意を寄せられそうだ。

あんなに目立っているのに、なんで名前も顔も知らなかったんだろ、私。

少し不思議に思ったけれど、私にとってたいした問題ではなかったので、まあいいか、という結論に至る。

あれが水野くんね。係を一緒にやるわけだから、一応覚えよう。

「あ、そういえばさあ。男子もなかなか決まらなかったんだけど、女子の方から先にくじを引いたのね」

「うん」

「それで藍に決まったら、水野くんがいきなり立候補したの。『じゃあ俺やるよ』って」

「――へ？」

美結の思いがけない言葉に、思わず私は間の抜けた声をあげる。

「まるで藍が決まったから立候補したみたいなタイミングだったよー？」

ニヤニヤしながら、茶化すような言い方をする美結。――って、おいおい。

「いやいや、私が覚えてないくらいの人だよ。ほとんどかかわったことないんだから。そんなわけないでしょ」

私は苦笑を浮かべて当然のことを言う。たぶん話したこともない。

それに、私はあんなキラキラしたイケメンにいきなりほれられるような派手な容姿ではないのだ。残念ながら。

「――言われてみれば。それもそうかあ」

つまらなそうな顔をして美結が納得する。

「でもなんで、水野くんは係に立候補したんだろうね？　ってかさ、水野くんがさっさと立候補してくれれば『それなら私もやる』って女子、絶対いたはずなのに。そしたら藍はやらなくてすんだのにさ」

「くそう、水野くんめ……」

私が悔《くや》しそうに言うと、美結はおかしそうに笑った。

――だけど、たしかに。放課後も三週間も潰《つぶ》れるし、まったく得もしない水泳大会の係なんて、なんで彼は立候補したんだろう。

そのあとの美結の話を上の空で聞きながら、私は新田くんと談笑している水野くんをぼんやりと眺めた。

そしていつものように適当に授業をやり過ごして、ときどき水野くんのことをちらちら見ているうちに、昼休みになった。

昨日風邪をひいていたからか、今朝はどうも食欲がなく、朝ご飯はほとんど食べられなかった。

昼食はいつもなっちゃんのお弁当なのだけど、ちゃんと食べられるかわからなかったので、今日は食欲に合わせて食べられそうなものを購買《こうばい》で買うことにしていた。

で、わりと体調が復活してきたので、パンを買うことにした。

でも、久しぶりに購買に行ったから、暗黙《あんもく》の校内ルールを忘れていた私は出遅れてしまった。

運動部の食欲旺盛《おうせい》な男子が、めぼしいものをゲットするために四時間目終了のチャイムと同時に購買へダッシュするから、人気のパンはすぐに売り切れてしまうのだ。

のんびりと私が行った頃には、すでに生徒もまばらで、パンも残り少なかった。

――えーと。あ、メロンパンは残ってた、ラッキー。あとはチーズサンドでいっか。

などと、私が選んでいると。

「あれ、カレーパンもコロッケパンもないのかよ」

突然そばから、残念そうな男子の声が聞こえてきた。少しハスキーで、無邪気で素直そうな魅力的《みりょくてき》な声。

私は思わず声のした方を向く。

「あ、吉崎さん」

声の主は、水野くんだった。私と目が合うと、彼は遠慮なく微笑んだ。

――私としては初対面のつもりなんだよなあ。っていうか、話したことたぶんないし……。

彼はクラスメイトなら、誰でも壁《かべ》を作らず接するタイプなんだろう。

一瞬でそんなことを考えながら、私も彼に合わせてかすかに笑う。

そして、彼は残ったパンをマジマジと見ながらこう言った。

「売り切れんの早くない？　もう、ちょっとしか残ってないじゃん」

「――欲しいのあるならダッシュして買いにいかないと、ダメだよ」

「マジか。競争社会怖《こえ》え」

まるで気心の知れている間柄《あいだがら》であるかのような調子で話してくるので、私も自然とつられてしまう。

「ねー、残ってる中でなにがおすすめ？」

「甘いのいけるなら……メロンパンかな。あとはソーセージパンとか？」

「そっか、じゃあそれにするわ、俺」

そしてメロンパンとソーセージパンを手に取り、購買のおばちゃんとお金のやり取りをする水野くん。

「はあ。でもカレーパン食べたかったわー。もう俺の胃はカレーパンを受け入れる準備万端《ばんたん》だったのに」

おばちゃんからお釣《つ》りを受け取りながら、水野くんがあまりにも切なそうに言う。

その調子が飼い主に置いていかれた子犬のように見えて、私は笑いそうになると同時に、彼にどこかかわいらしさを覚えた。

「カレーパン好きなの？」

「うん。カレーだけでもおいしいのに、揚《あ》げパンに挟んであるとか、もう神の作りし食べ物じゃない？」

神の作りし食べ物。

その表現が秀逸《しゅういつ》で、私は感心してしまう。

「そんなに好きなら、うちの店のカレーパンがおすすめだよ」

彼のカレーパンへの愛にほだされ、私は思わず言ってしまった。

――あれ。なに言ってんだろ。自分の店のことなんて、クラスメイトに言ったことないのに。

必要以上にクラスメイトと深くかかわりを持ちたくないし、あんまり店に来てほしくないから。

　すると、水野くんは驚いたように目を丸くした。

「え⁉　吉崎さんち、パン屋なの⁉」

「え、う、うん」

「どこに店あるの⁉」

「あー。学校からまっすぐの……海沿いのラーメン屋の向かいの。『ネイビーマーメイド』って店」

「マジかよ！　すげー近いじゃん！　今度買いにいくわ！」

「あ、ありがとう」

　水野くんの勢いにつられて教えちゃったけど、水野くんが店に来たら、なっちゃんが変なことを期待しそうで面倒だなあ。――まあいいか。

「あ、俺、浩輝を待たせてんだ。もう行くね」

「うん」

「ここのおすすめと、パン屋のことありがとね。――あ、それと」

「なに？」

「水泳大会の係、一緒にがんばろ」

　水野くんはさわやかに笑ってそう言うと、私がなにかを言う前に踵《きびす》を返して行ってしまった。

——あれが私と一緒に係をやる水野くんか。

これはモテそうな人だ。そしてこんなふうに気軽に話せるなら、たしかに一緒に仕事しやすい気がする。

私はそんなにがんばる気はなくて、そつなくこなすだけになると思うから、それは申し訳ないけれど。

とりあえず、それなりにうまいこと仕事をして、彼の気分は害さないようにしようと思った。

とても素直でマジメそうな水野くんを、がっかりさせてしまうのは忍《しの》びない気がしたから。

「はーい。じゃあ男子で水泳大会の選手になってくれる人は挙手してくださーい」

——授業後の、ホームルームの時間。

私と水野くんは、係の初仕事である選手決めのまとめ役をやっていた。

教壇《きょうだん》にのぼり、水野くんがのんびりと話す横に立つ私。まずは男子の選手の選出からだ。

しかし、水野くんの問いかけにはみんな無反応。

選手になってしまえば、放課後を潰して練習をしなきゃならないから、みんな率先してまでやりたくないのだ。

——まったく。誰もやりたくないイベントをなんのためにやるんだろう。

いくら水泳部が強くて、立派なプールがあるからって、ちょっと先生たち張りきりすぎだよね……と思う。そして、たぶんみんなも思っている。

「立候補いないの？　じゃあ、まずひとり目は浩輝ね」

すると、水野くんがニコニコしながらいきなり新田くんを名指ししたので、私……いや、クラス中が驚いた。

「はー？　勝手に決めんなよー」

新田くんが立ちあがり、非難の声をあげる。しかし顔は笑っていたので、本気でイヤがっているわけでもなさそうだ。

「選ばれたら、水泳大会終わるまでサッカー部行けねーじゃん」

口を尖らせながら言う新田くん。——しかし。

「大丈夫だよ。浩輝ほどの天才なら少しくらい練習しない方がちょうどいいって」

満面の笑みで、わけのわからない理屈を水野くんが言う。クラス中が笑いに包まれた。

「そうだよー、やんなよ浩輝。泳ぐのもそこそこ速いんだし」

「浩輝くんがカッコよく泳ぐところが見たいです！」

水野くんに便乗して、新田くんの周囲の人がからかうように言う。

それを見て水野くんは満足そうに頷き、新田くんは苦笑を浮かべた。

「ねー、天才の浩輝がやればいいって思うでしょ？　吉崎さんも」

「え……!?」

ほとんど傍観者《ぼうかんしゃ》の気分でこの光景をぼんやりと眺めていた私は、突然水野くんに話を振られてうろたえた。

「え……あー。そう、思います」

そしてかろうじてたどたどしくそう言うと、新田くんはおおげさにため息をついた。

「しょうがねーなー。わかったよ」

「はい、じゃあひとり目は新田浩輝くんに決定でーす！」

わー、と歓声《かんせい》をあげながらクラスのみんなが拍手《はくしゅ》をする。

しかし、これでやっとひとり。あと男子ふたり、女子三人を選出しなければならない。──はあ。道は長そうだなあ。

と、私が思っていると。

「ただし、蒼太。お前もやれ」

新田くんがニヤニヤしながら水野くんを名指しした。水野くんは虚《きょ》をつかれたよう

な顔をしている

「――へ。だって俺、係だよ……?」

「べつに係が大会に出ちゃいけないって決まってるわけじゃねーよ。つーかさ、蒼太泳ぐのめっちゃ速いじゃん。係だけで終わらせるのもったいないわ」

「あー、でもさ。忙《いそが》しいし、係の仕事。うん」

「蒼太ほどの天才ならなんとかなると思いまーす」

「なんの天才だよなんの」

水野くんのツッコミにまたも噴《ふ》き出すクラスの面々。そして「蒼太も泳ぐの速いからやんなよー」というような声が次々に聞こえてくる。

――すると。

「しょうがねーなー。わかったよ」

と、新田くんの言葉をそのまんまコピーして承諾する水野くん。

できるだけ大会に出たくないらしいクラスのみんなは、再びおおげさに拍手した。

「さて。男子はあとひとりなんですけど……立候補者がいないようなら、タイムが速い人から選びます」

そう言いながら、水野くんは体育の先生にもらったプリントを眺めた。

そこには、クラス全員のクロール二十五メートルのタイムが書かれている。

──そうなのだ。やりたい人がいなければ、タイムの速い人が選手として選出されるのは、例年、暗黙の了解だった。

記録がいい人が断って、それよりも泳ぐのが遅い人が選手になるのはどう考えてもおかしいので、この選び方で名指しされると、拒否権はほぼなかった。

まあ、夏に大事な大会がある部活の人や、家庭の事情でアルバイトをしている人などは、さすがに考慮されるけど。

「えーと、一番速いのは……内藤涼太《ないとうりょうた》！」

意外な名前が呼ばれて、私は驚く。内藤くんは、授業中ほぼ寝ていてよく先生に注意されているので私も知っていた。

授業中どころか、休み時間もイヤホンをして机に突っ伏している光景をよく見る。

そんなマイペースなイメージしかなかったので、泳ぐのが速いというのは意外だった。

少し癖《くせ》のある髪はところどころ茶色のメッシュが入っていて、長めの前髪は目にかかっているので、内藤くんの顔立ちについて私ははっきりとわかっていない。

けど、美結が前に『よく見るとかわいい顔をしている』と言っていた気がする。

それに、お昼の時間はたまに新田くんと一緒にいるのを見るから、水野くんともそこそこ仲がいいのかもしれない。

私を含《ふく》めたクラスのみんなが、内藤くんに視線を注いだ。——だけど。

彼は例によって、机に突っ伏していた。どうやらお休み中のようで、これまでの話などまったく聞いていないみたいだった。

すると、水野くんがさっと歩いて内藤くんの傍らに立つ。そして内藤くんの耳に刺さったイヤホンをそっと引き抜いた。

「……ん……」

耳から聞こえてきていた音楽が突然消えたことによって、内藤くんは目を覚ましたらしい。

おぼつかない声をあげ、顔を起こすと天井に向かって大きくのびをした。

そしてまだうつろな瞳を水野くんに向ける。

「……おはよ、蒼太」

そして、悪びれもせずに目をこすりながら挨拶《あいさつ》をする内藤くん。水野くんはそれに気分を害した様子もなく、無邪気に微笑んだままだった。

「おー。たった今、涼太が水泳大会の選手になることに決定いたしました。おめでとうございます」

水野くんの中ではすでに決定事項《じこう》らしく、はっきりと言う。

すると、内藤くんのねぼけまなこがみるみるうちに光を帯びていった。水野くんのひとことで完全に目を覚ましたようだ。

そして、妙《みょう》に芝居《しばい》がかったような真剣な表情を浮かべ、内藤くんが言う。

「イヤだ……と言ったら？」

「授業中に、袖《そで》にイヤホン通して音楽聴《き》いてることを先生にバラす」

笑みを浮かべたまま、内藤くんにとって死活問題につながることを水野くんが言う。

――っていうか、そんなことしてたのか、内藤くんは。

「喜んでやらせていただきます」

マイペース男子も、自分の悪行を告げ口されるくらいなら、たった三週間の我慢《がまん》の方がマシだと思ったのだろう。

思いのほかあっさりと、内藤くんは了承した。

みんなの拍手が再び起こった。選ばれなかった男子は安堵《あんど》の表情を浮かべている。

――と、いうことはついに。

「はい。無事に男子は三人決まりました。次は女子の立候補者を募《つの》りまーす」

「――誰かいませんか？」

水野くんの呼びかけに私もひと声添《そ》える。しかし、女子の方は難航しそうだ。

私は水野くんのように、強引に名指ししたり脅《おど》しをかけたりして、笑って許されるようなキャラじゃないから。

私はクラスにそつなく溶《と》け込む、目立たない吉崎さんなのだ。そして事故のことを気にしてか、深く私に入り込もうとする人はいない。

「あー……私。やります」

すると、美結がおそるおそる、といった様子で挙手してくれた。私が係になってしまったことに対する責任を感じてくれているのだろう。

運動神経もそこそこいい美結は、タイムもそれなりによかった気がするし、人選には問題ない。ナイス美結。

「じゃあひとり目は美結……笹川《ささがわ》さんです」

私は感謝の意を込めて彼女に向かって微笑む。さらっと決まったためか、男子の時よりはまばらな拍手が起こる。

「――すみません、あとふたりです。誰かいませんか?」

私の問いかけに、女子たちはそれとなく目をそらし、男子たちは『早く決めろよ』とでも言わんばかりに面倒そうな顔をした。

「ねー、いないの? あ、加藤《かとう》さんやってよー」

たまたま目が合ったらしい加藤さんを勧誘しだす水野くん。

すると加藤さんは一瞬目を丸くさせたあと、かわいらしく困ったように笑った。

「えー、でも私泳ぐの遅いしぃ」

そしてイヤに間延びした高い声で、媚を売るように言った。私は乾《かわ》いた笑みを浮かべる。

加藤さんはまあ、俗《ぞく》に言うぶりっ子というやつなのだ。

メイクも髪も流行の最先端で、仕草や表情まで、男受けを狙《ねら》って余念がない。すごいなあと思う。

べつに、加藤さんが勝手にぶりぶりしてるのを私は気にしない。

でも、この手のタイプにはよくある話で、彼女は女子の前だと態度が一変するので、一部の女子からはひんしゅくを買われているらしい。

「そうなの？　まあ、水泳苦手ならいいや」

水野くんは加藤さんに色目を使われていることに気づいていないらしく、いたって平然とした様子で言った。

いや、気づいていてスルーしているのかもしれないけれど。

「ごめんねぇ、水野くん。……あーあ。選手じゃなくて係ならやったんだけどなあ」

ちらりと私を見た加藤さんの目つきが、やたら鋭《するど》い。

水野くんに新田くんに内藤くん。水泳大会の選手たちは、なかなかのイケメンぞろい。

たしかに加藤さんのような人種は、この人間関係に入りたくてたまらないだろう。

――っていうか、加藤さんの目的がどうであれ、代わってもらえるなら代わってほしい。私はかまわないから代わってください。今すぐ。

そんなことを願ったけれど。

「ダメダメ、もう係は決まってんだからさ」

私がなにか言う前に、水野くんがなぜか有無を言わさぬような口調で言った。

容姿に自信がある加藤さんは、『え？　俺も加藤さんとやりたい』などと言われることを期待していたのだろう。

水野くんの言葉を受けて、彼女は仏頂面《ぶっちょうづら》になって黙った。

――ええ。私は代わってほしかったのになあ。なんで水野くん、そこまで加藤さんを拒否するんだ。

しかし、しつこく係交代を要求できる雰囲気《ふんいき》でもなかったので、私はあきらめた。

「じゃあ……決まんないから、あとふたりはタイム速い人ね」

「えーと……」

水野くんの言葉を受けて、私は女子のタイム一覧の紙を眺める。

水泳部員を除いた、上位ふたりは、っと……。

「えーと、三上《みかみ》さんと坂下《さかした》さん……ですね」

バレー部の三上さんと吹奏楽部《すいそうがくぶ》の坂下さん。坂下さんは予想していたようで、あきらめたように笑って「はい」と言った。
ただ、三上さんはなにも言わずに真顔でじっと私を見ていた。その顔が少し怒《おこ》って
いるようにも見えて、私は気圧される。
でも、三上さんから文句は聞かれなかったので、私は気のせいと思うことにした。
三上さんとはあまり話したことがないけれど、クラス内での彼女の様子を見ると、
明るくさっぱりとした性格の姉御《あねご》肌で、友達も多いタイプに見える。
長身でショートカットの三上さんはボーイッシュだけど、整った顔立ちで、男子に
もとても人気があるらしい。
よく運動部の男子と談笑している姿も目にする。
水泳大会の選手に選ばれたことをイヤがるような人には思えなかった。
「――では、選手になった方はよろしくお願いします」
「明日から練習始まるから、選ばれたメンツはよろしくねー。じゃあ解散でーす」
私の事務的な言葉とは対照的に、水野くんが親しげに言う。
そして、クラスのみんなも『やっと終わった』とでもいうような表情をして、各々
帰り支度を始めた。
私もなんだかんだ言って、係としての最初の大きな仕事が無事に終わって、安堵し
ていた。

——だけど。

ホームルームが終わったあと、ほぼ強制的に選手に選出してしまった三上さんと坂下さんにひとことお礼を言っておこうと思った。

まずは、近くにいた坂下さんに声をかけてみた。

彼女は大会の選手に選ばれたことに対して、とくにイヤがっているような様子もなく、『ありがとう、引き受けてくれて』と言った私に笑顔で接してくれた。

「運動はそんなに得意じゃないんだけど、中学生までスイミングスクールに通ってたから、水泳だけはそれなりにできるんだ」

「へー。スイミングかあ」

——スイミングスクール。遠い昔に私も通っていた。バタフライが得意だった。

しかしあの頃のひたむきでまっすぐな私は、すでに死んでしまっているのだ。

心から泳ぐことを楽しむ機会なんて、きっと私にはもうない。

「足引っぱらないようにするね」

「そんな。すごく頼《たよ》りになりそうなタイムだよ」

「——がんばるね」

私が正直に褒《ほ》めると、坂下さんははにかんだような笑みを浮かべた。

眼鏡をかけ、ショートボブでおとなしそうな彼女は、マジメに練習にも参加してくれそうでひと安心。

さて。そうしたら次は、もうひとりの三上さんに声をかけなければ。

さっき指名した時、不機嫌《ふきげん》そうに見えたのが少し気になったけれど……。

教室を見回すと、三上さんは仲のいい運動部女子の面々と楽しそうに話していた。

私は彼女らに歩み寄る。

「あ、三上さん。ちょっといい？」

声をかけると、三上さんは会話をやめて私の方を見た。――表情が一瞬でこわばったように見えた。

さっきのは気のせいじゃなかったのか……。

私は、気安く声をかけてしまったことを少し後悔《こうかい》する。

「……水泳大会のことだよね？」

低い声で三上さんが言う。私が頷くと、今しがたまで話していた友人たちに「じゃあ、またあとでね」と言って、私の方へ近寄ってきた。

「あの、立候補者いなかったからタイムで選んじゃって申し訳ないんだけど。よろしくね」

私は三上さんの様子など気づいていませんというように、素知らぬ顔で言う。

こちらが及《およ》び腰《ごし》になってしまったら、ますます彼女の気に触《さわ》るような気がしたから。なんとなくだけど。

──しかし。

「私さ、やりたくないんだよね」

つっけんどんに三上さんは言いはなった。私は虚をつかれた。

三上さんの、キリッとして整った美しい顔には、冷たい表情が浮かべられていた。

普段明るくて、誰にでも分けへだてなく接するイメージの三上さんとは、その様子がかけ離れていて。

「──え」

「だから、やりたくないの。吉崎さんがやればいいんじゃない？　水野くんだって係やりながら選手もやるんだし」

「……でも、私は塩素アレルギーで」

私が常に水泳の授業を見学していることは、彼女も知っているはずなのに。

まあ、アレルギーは嘘《うそ》なのだけど。

「……それって本当なの？」

「え？」

「アレルギーって本当なのかって」

なにが言いたいのだろう。私がプールの授業をサボっているとでも言いたいのだろうか。──まあ、サボっているのだけど。

私は思わず無言になり、じっと三上さんを見つめた。

「──なんでそんなこと言うのかって顔してるね」

すると私を挑発《ちょうはつ》するように三上さんが言う。

「うん」

だから正直に肯定《こうてい》した。本当になんでか不思議だったけれど、それよりもなんだか面倒だった。

「べつにさ。ちゃんとやるよ、選手。クラスのみんなに迷惑《めいわく》かけたくないし」

「……そう」

だったらなんでいちいち私に突っかかってくるんだろう。

「……ただ」

「ただ、なに？」

「私吉崎さんに個人的な恨《うら》みがあるから。あなたと一緒にはやりたくないなって思っただけ。仕方ないから、やるけど」

「え……」

思ってもみないことを言われて、私は固まってしまう。

個人的な恨み？　いったいなんのことだろう。一年生の時はクラスが違ったし、二年生になってからも会話らしい会話は三上さんとはしたことがない。

まったくと言っていいほどかかわったことがないのに、恨み——？

すると、私が考えていることを察したのか、三上さんは私から目をそらし、

「——考えてもわかんないと思う。逆恨みに近いし」

と、無愛想に言いはなつと、そのまま去ってしまった。

取り残された私は、わけがわからず、しばしぼうぜんとする。

事故以来、人とのかかわりをなるべく最小限に抑《おさ》えていた私。

あんなふうに面と向かって敵意を見せつけられたのは、いつぶりだろう。

だから、三上さんが私を恨んでいる理由はまったく想像できなかったけれど、ドキリとして。

私は、自分ひとりだけ生き残ってしまったことにときどき罪悪感を覚えることがあった。

私なんかが。私みたいに、事故以来意味もなく生きている人間が。どうして生き残っているんだろう、って。

三上さんの睨《にら》みつけた顔は、そんな私の存在を非難しているようにさえ、私には見えたのだった。

二〇一八年六月　モヤモヤ

水泳大会本番では、リレー形式で六人のメンバーが二十五メートルずつ泳ぎ、そのタイムを競う。

泳法は自由だが、一般的にもっとも速いタイムが出やすいクロールをみんなは選ぶことになるだろう。

——選手選定のホームルームを行った次の日の放課後。

私たち、二年二組の大会関係者たちは、早速第一回の練習を行っていた。

「タイムどうよ？」

たった今、三回目のリレーの実践《じっせん》を終えて、私が持っているタイムをメモしたノートを水野くんが覗き込む。

——細身だけれどほどよく筋肉のついた上半身がいきなり傍らに来たので、私は少しドキリとした。

「うん、最初にしてはいいと思うよ」

新田くんに『めっちゃ泳ぐの速い』と絶賛されていた水野くんは、平均タイムよりかなり速い。

スイミング経験者の坂下さんも水野くんに次いで速く、ふたりはかなりの好タイムだ。

新田くんと内藤くん、三上さんは平均タイムより少し速く、初回の練習にしてはまあまあといったところ。

練習をすれば三人のタイムが速くなる余地はまだまだありそうだ。

しかし、美結だけは平均タイムには届かず、ちょっと出遅れている。

「――ごめーん。私が遅いよね」

プールサイドに座る、第一泳者予定の美結がバツ悪そうに笑って言った。

「ちょっと意外だね。美結って足はすごく速いから、泳ぎももっといけるのかと思ったよ」

「うーん、前はもっと速かった気がするんだけどな?」

私の言葉に美結が不思議そうに首をかしげる。今年度の水泳の授業自体が始まったばっかりだし、まだ泳ぎ慣れていないだけなのかもしれない。

――だけど、水に顔をつけて激しく泳いでいるというのに、美結のアイメイクがいっさい崩れていないのはさすがだ。

強力なウォータープルーフのコスメを使っているのだろう。

「――べつに、そんな気にしなくていいんじゃない」

相変わらず眠《ねむ》そうな表情だが、内藤くんが美結を励《はげ》ますようなことを言った。

――へえ。いつもぼーっとしてばかりの人だと思ってたけど、結構優しいんだ。

「そうだよ。そこまで遅いってわけじゃないし、立候補してくれただけでありがたいよ」

坂下さんも内藤くんに同調して、優しく言う。

——いつも眼鏡だけど、外すと結構美人だよなあ、坂下さん。水着からのびた手足も白く細くて、スタイルも抜群《ばつぐん》だ。

まあ、そこは置いといて。

ふたりの言うことはもっともだ。この水泳大会では、本気で勝とうと猛練習《もうれんしゅう》を積むクラスは少ない。

三年生は最後だから、わりと全力で挑《いど》むクラスが多いようだけど。

一年生、二年生は当日クラスが盛りあがれる程度で、ほどほどにがんばればいいという雰囲気なのだ。

——内藤くんと坂下さんの言葉からも、そんなニュアンスが感じられた。しかし。

「うーん。どうしたらもっと速くなれっかな。どんな練習したらいいんだろ?」

水野くんがノートとにらめっこしながら神妙な面持ちで言う。すると三上さんが目を丸くして、驚いたような表情になった。

「ずいぶん本気なんだね、水野くんは」

——私には『個人的な恨み』があるらしい三上さんだったけれど、ほかのメンツには、いつものクラスでの人気者キャラで接していた。

まあ、予想どおりだった。

私に対しても、あのあとは表立って恨み言を言ってきたりはしていない。時折冷たい視線は感じるけれど。

でも、それなりに泳ぐのが速い三上さんも、水泳大会については『ほどほどにそつなくこなす』というスタンスだったようで、水野くんの本気度にとまどっているらしい。

「え、だってさ。どうせ三週間は絶対に練習しなきゃいけないんだし、もったいないじゃん」

「もったいないって……？」

きょとんとした顔で言う水野くんの言葉の真意がわからず、私はたずねる。

「せっかく時間潰して練習するんだから、その時間は楽しんでがんばって、大会でいい結果残した方が、よくない？」

さも当然かのように言う水野くん。しかしイヤミはまったく感じられず、純粋《じゅんすい》な彼の思いと説得力を感じた。

「たしかに……言われてみればそうだね」

「——蒼太のくせに、いいこと言うな」

感心したような表情になる坂下さんと内藤くん。しかし、内藤くんの言葉に水野くんは苦笑を浮かべた。

「『蒼太のくせに』ってなんだよ、おい」

「だって、普段はわりとぼーっとしてるし」

「お前が言うなよ」

内藤くんと水野くんのやり取りに、美結が手をたたいて大笑いする。

「あははは！　でも、うん。そのとおりだね。私もできるだけがんばってタイム縮めるよ！　坂下さん、フォーム見てくれない？」

美結の依頼《いらい》に坂下さんは頷くと、プールサイドにいたふたりは再びプールの中へと入り、練習を始めた。

それにしても、水野くんってなんでも楽しめる人なんだな。最初の素直で無邪気な印象どおりだ。

なんて、いまだに「今日も古文の時間に音楽聴いてただろ？」「どうせ授業聞いても寝るんだから、起きてるだけマシじゃん」とかいう会話を繰り広げている水野くんと内藤くんを眺めながら、私が考えていると。

「蒼太っていつもああなんだよなー」

ふいに新田くんが私に話しかけてきた。

「なんかさ、何事も楽しむっていうか、手を抜かないっていうかさ。前向きでいいなあって思うわ」

「――へぇ」

――私とは正反対だ。

私の本性を知ったら、きっと水野くんは私みたいな空っぽな人間なんて、嫌《きら》いになるんだろうな。

なにげなくそんなことを考えたら、なぜか胸がズキッと痛んだ。

――どうしてだろう。水泳大会が終わったらきっとかかわることも少なくなる水野くんにどう思われようと、たいした問題ではないはずなのに。

すると、三上さんが困り顔で水野くんに話しかけにいった。

「――まあ、私もそれなりにがんばるよ。でもさ、ごめん。私バレー部の方もがんばりたくて。そろそろ練習行ってもいいかな？」

まだ練習が始まって三十分ほど。切りあげるにしては早すぎだ。

しかし、水野くんはとくに気分を害した様子もなく。

「あ、うん。みんなそれぞれ都合があるしね。できる範囲《はんい》でやれば、いいんじゃない？」

三上さんが安堵したように笑う。

「そっか、ありがと。じゃ、行くね」

そして彼女は早歩きでプールサイドを移動し、更衣室《こういしつ》の方へと行ってしまった。途中私の前を通り過ぎたが、挨拶はおろかこちらを見ようともしなかった。――なんとなくそんな気はしたけれど。

水野くん――やることはやるけれど、人にまでそれを押《お》しつけない。自分はできるだけ楽しむけれど、強制はしない。

無邪気そうだけど、実は大人な人なんだな。

それでいて、前向きで一生懸命で、今までほとんど話したことのない私にも、優しくて。

その上、優しく微笑む笑顔は太陽のように眩《まぶ》しくて。

水野くんとかかわっていると、ときどき心臓が落ち着かない時がある。

――なんでだろう。私とは対照的だからかな。

私は再び練習を再開しようとプールに飛び込んだ水野くんを見て、ふと思った。

水泳大会の練習が始まってから数日経った、ある日のこと。

お腹が満たされたあとの五時間目はただでさえ眠い。私は気を抜くと閉じそうになるまぶたに力を入れて必死で開かせていた。

しかも今日の五時間目は、古文という子守歌がひたすら流れる時間。こんなの寝るな、と言う方がおかしいのではないかとすら思える。

だけど水泳大会が終わればすぐに期末テストがやってくる。私はあくびを堪《こら》えながら、必死にノートに板書を写していた。

テストの点数なんて私にはどうでもよかったが、あんまり悪いとなっちゃんが心配してしまう。平均点くらいは取らなければならない。

高校卒業後は、なっちゃんが安心できるようなそこそこの大学に行って、ひとり立ちできるような仕事ができればそれでいい。

だけど、そのためには勉強もそつなくこなさなければならなかった。

すると、古文の先生が窓側を見ておおげさに顔をしかめた。何事かと、私も窓の方を見た。

窓側の席は前から三番目が新田くんで、そのうしろに水野くん、内藤くんと続いている。

先生はつかつかと三人の席まで歩く。――そして。

「いたっ」

「てっ」

「…………？」

テキストを丸め、軽快なリズムで三人の頭を順番にたたいた。

普段の授業では寝ることなど決してない新田くんは飛び起きた。水野くんは目をこすりながらゆっくりと起きあがる。

居眠り常習犯の内藤くんは——一瞬起きたように見えたが、また頭《こうべ》を垂れて船を漕《こ》ぎ出した。

先生は教壇の上に戻ると、満面の笑みを浮かべてこう言った。

「お前ら今日出す宿題のレポート倍な」

先生の言葉にバツ悪そうに笑って、新田くんは「はーい」と素直に返事をした。

しかし、水野くんは先生を非難がましい目で見ると。

「そんな！　俺たち水泳大会出るんすよ！　宿題そんなにやるヒマないんですよ！」

「うっせー、三倍にすっぞ」

水野くんの主張をにべもなくぶった切る先生。すると水野くんは観念したようで
「すいませんでした……」と弱々しく言う。

「おい水野。まだ寝てるバカには三倍にしといたって言っとけ」

いまだに起きない内藤くん。隣の席の坂下さんが「ねえねえ、やばいよ、起きてよ」と彼の背中をたたきながら言っているのが見える。

そのかいあってやっと目は覚めたようだが、半開きの目から察するに、まだ夢見心地のようだ。

クラス中からクスクスという笑い声が起こっている。先生も本気で怒っているわけではないようだったし、なんだか微笑ましかった。

すると、前の席の美結がこっそり振り向いてきた。美結は笑いを堪えたような顔をしていた。

「あの三人、今朝早く来てプールで朝練してたんだって」

「え？　そうなの？」

「うん、さっき言ってた。ってか、言ってくれれば私も朝早く行ったのにさー。一緒に練習したかったな」

美結の言葉に私は驚愕《きょうがく》する。

初日の練習での『せっかくやるんだから練習も大会当日もがんばろう』という水野くんの言葉に、美結も賛同はしていたけれど。

まさか、いつも遅刻《ちこく》ギリギリに登校する美結が、朝練までいとわないなんて。

「美結、そんなに水泳大会に対してやる気あったんだ」

「え？　あー、まあ最初はね、藍を係にしちゃった責任だけでやってたよ。適当に練習して本番はそれなりにがんばればいいやって」

「うん」

「だけど水野くんを見てると、私ももっとがんばんなきゃ、って気になるんだよね。

「不思議だけど」

「──そっか」

水泳大会に対して、そんなに熱のなかった美結を、ここまでやる気にさせた水野くん。

──なんだかすごいな。

彼とはまったく対照的で、仕事を事務的にこなすだけの自分。場違いな自分の存在に、心臓がキュッと痛んだ。


「千百五十円でーす」

レジを打って出た金額を、常連のおばあちゃんに伝えると、彼女はゆっくりと財布を開ける。私はぼんやりとそれを見守っていた。

水泳大会の練習が終わって帰宅すると、すでに十七時を回っていて、パン屋はかき入れ時だった。なっちゃんから、すぐにお店の手伝いを頼まれた。

──なんだかモヤモヤする。

水泳大会の練習が始まって、数日経った。選手に選ばれたみんなは休まずに練習に参加してくれていて、徐々にタイムも速くなってきている。

とくに水野くんは、係の仕事も並行してやっているのに、練習も一生懸命取り組んでいる。

――心から楽しんでいる、というような無邪気な表情で。

あんなに楽しそうに大会に取り組んでいる、水野くんの相棒が私なんかでいいんだろうか。

みんなは水野くんの『せっかくやるんなら、楽しんでがんばろーよ』というひとことに、完全に同意していた。

私だって『たしかにそうだな』と、頭では納得できる。

だけど私はもう、物事を心から楽しんだり、がんばったりはできない。

六年前のあの日に感情を置き去りにしてしまった私。

パパとママが消えてからは『なにもかもが突然なくなるかもしれない』という思いが強くて、生きる目的を見いだせない私。

こんな抜け殻女の私が、彼と一緒になにかに取り組むことが、失礼な気がして。

「五十円のお返しです」

「はーい、藍ちゃん、いつもありがとうね」

お釣りを渡すと、おばあちゃんが優しく笑ってくれた。それにすら心が痛む。

優しくしてくれる人は、たくさんいるのに――私はこんなに無気力で。

私が無理やり笑顔を作ると、おばあちゃんは軽く会釈《えしゃく》をして、お店から出ていった。

そして、しばらくの間私がまた悶々《もんもん》と悩んでいると。

「あら！　おばあちゃん、家の鍵《かぎ》忘れてるわ！」

「――え？」

パンの陳列をしていたなっちゃんがレジの前を通った時に、レジ台の端に置かれている鍵を見て声をあげた。

ぼーっとしていて、気づかなかった。

「大変！　私おばあちゃんちの場所わかるから、すぐ届けにいってくるね！　藍、その間お店お願い！」

「う、うん」

私が頷くやいなや、なっちゃんは鍵を引っつかむとダッシュで店から出ていった。

お店のピークは過ぎ、現在店内にいるお客さんは若い男性ひとりのみ。まあ、なっちゃんが少しの間いなくても、なんとかなるだろう。

すると男性がレジの方へやってきた。『あ、お会計かな』と思ったけれど、パンをのせるトレイも、袋づめされた食パンや焼き菓子《がし》も、持っていない。

不審《ふしん》に思って私は男性の顔を見る。――すると。

「……ねえ、どうして連絡くれないの？」

低い声で彼は言う。大学生くらいで、眼鏡をかけた地味な男性。心当たりがまったくなくて、私は首をかしげた。

するとと、男性は少しイラッとしたような顔をした。

「前に連絡先渡したよね？」

「──あ」

その言葉でやっと思い出した。この前、店番をしている時に、私に連絡先を書いたメモを渡してきた男性だ。

お店が忙しい時間帯だったし、無言でさっと渡されたこともあって、私はすっかり彼の存在を忘れていたのだ。

「──ごめんなさい。私には、そういう気はありません」

はっきりと答えた。眼前の男性に対して、なんの感情もない。そもそも、誰とも恋愛をする気なんてない。

──しかし。

「照れてるの？」

「え……？」

「だって、君も俺のこと好きじゃないか」

彼はニヤついて言った。言葉の意味がまったくわからなかったので、不気味さを感じた。

「だって、いつもお店に来ると笑ってくれるし、パンを買うと『ありがとう』って優しく言ってくれるし」

——なに言ってるんだ、この人は。

そんなの、パン屋に来てくれたお客さん全員にしている。

この人に対して、特別な行為《こうい》なんていっさいしていない。第一、たった今まで存在すら忘れていたというのに。

私はぼうぜんとしてしまい、返す言葉が出てこない。

「——ね。わかってるから。照れなくてもいいんだよ」

すると彼は、そんな私の手をレジカウンターごしに握ってきて、いやらしくニヤつきながら見つめてきた。

手から伝わる嫌悪感《けんおかん》。なんなんだろう、この盛大な勘違い男は。

たぶん、こんな目に遭《あ》ったら正常な女子なら怖《こわ》いと思うんだろう。

もちろん、なにをされるかわからないから、少しの恐怖感《きょうふかん》はあるけれど。

だけど、いつ死んでもいいと常日頃思っている私からすると、恐怖よりも『面倒だなあ』という思いの方が大きかった。

どうやって納得して帰っていただこう。こんな現場を見られたら、なっちゃんがいらない心配をするから、早く対処したいなあ。

――などと、私はぼんやりと彼を見ながらなかば他人事のように思っていると。

「――ねえ。あんた、なにやってんの」

ふいに聞こえてきた、少しハスキーな少年らしい声音。いつの間にか、私の傍らには――。

水野くんが立っていた。

「え……？　水野くん……？」

突然の水野くんの登場に驚いたけれど、彼は私の方は見ずに、勘違い男の方を睨んでいる。

そして、私の手を握っていた勘違い男の手首をつかみ、強引に私から引き離した。

「……なんだよ、お前」

勘違い男がすごみを利かせた声を発し、水野くんを鋭く睨みつける。

しかし、水野くんはまったく臆《おく》する様子もなく、静かに怒《いか》りをたたえた瞳を男に向けていた。

「それはこっちのセリフだから。人の彼女になにしてんの？　あんた」

――へ。か、彼女？

想像もしていなかった水野くんの言葉に、私は混乱する。水野くんはそんなことにはかまわず、さらに言葉を続けた。

「吉崎さ……藍は、俺のだから」

断言するようにそう言うと、水野くんは私の肩《かた》に手を回し、自分の方へと引き寄せた。勘違い男が、血走った目を私に向ける。

――え。

いきなり肩に感じた、水野くんの手のひらの感触《かんしょく》。私はドキッとして、こんな状況にもかかわらず浮足立った気持ちになった。

「……なんだよ！　男がいるくせに愛想振りまきやがって！　この尻軽女《しりがるおんな》！」

自分勝手な言い分に、私はあきれてしまう。

そっちが勝手に勘違いしたくせに、勝手に怒りだすなんて。どういう思考回路をしているのだ。

「俺にあんなふうに笑いかけながら、その男とやることやってたのかよ！」

「うん、やってるよー。だって付き合ってるもん、俺たち」

水野くんが勘違い男を挑発するように、ひょうひょうとした声音で言う。すると男は唇《くちびる》をぎりぎりと噛《か》んで、

「そんな女こっちから願い下げだ！　ブス！」

そんな捨てゼリフを吐いて、お店のドアを乱暴に開けて去ってしまった。

『ブス』と言われたのには少し傷ついたけれど、まあ無事にいなくなってくれたからいいか。

「──大丈夫だった？」

男が去ってから数秒して、水野くんが私の顔を覗き込みながら言った。

「え……あー……」

怒涛《どとう》の展開だったし、水野くんに『彼女』と言われたこともあり、うまく言葉が出てこない。

すると、水野くんがはっとしたような顔をして、私からすばやく離れた。私の肩をいまだに抱《だ》いていた状況に気づいたようだ。

「あ、ごめんね。触っちゃったり俺の彼女とか言っちゃったりして。……ああいうタイプは、こうすればすぐあきらめると思って」

「──うん」

「カレーパン買いに店に来てみたらさ、入ってすぐに吉崎さんがあの男に絡《から》まれてるのが見えて。とっさの行動だったんだ。──何事もなかったみたいで、よかったよ」

私をじっと見て、水野くんが優しく笑う。

「──ありがとう」

落ち着きを取り戻した私は彼に向かって微笑み返す。

すると、急に深い安心感が湧《わ》きあがってきて、思わず力が抜けてその場にしゃがみ込んだ。

勘違い男に絡まれている時は、気を張っていたのか、そこまで大きな恐怖は感じていない気がしていた。――だけど。

急に湧きあがってきた、思わず座り込んでしまうほどの安堵感。

私は自分が考えていた以上に、さっきの出来事におびえていたのかもしれない。

「え、え、どうしたの⁉　俺、なんかした⁉　それともさっきのヤツになんかされてたの⁉」

急に脱力した私に、うろたえながらも心配の声をあげる水野くん。

「あー……えーと……」

私はまだ立ちあがれず、しゃがみ込んだままぼんやりと答える。

――すると。

「ただいまー。鍵届けてきたよー。藍、店番ありが……ん⁉」

おばあちゃんを追いかけて鍵を渡してきたらしいなっちゃんが、お店に戻ってきた。

しゃがんだまま顔を上げると、なっちゃんは座り込む私をぼうぜんと眺めている。

――そして。

「――おいクソガキ。私のかわいい藍になにしてくれてんの？」

なっちゃんはドスの利いた声でそんなことを言い、ゆっくりと水野くんに近寄った。

水野くんを今にも殺しそうな勢いの殺気を、瞳に内包して。

――え。やばい。

しゃがんでほうけた表情をしている私を見て、どうやらなっちゃんは、水野くんが私になにかしたんじゃないかと勘違いしているようだ。

「――え⁉　いや、俺は……」

「藍になにしてんだ！　こらあ！」

声を荒《あら》らげるなっちゃんにおびえ、あとずさる水野くんだったけれど、なっちゃんは逃《のが》すまいとつめ寄る。

「ちょ……ま、待って！」

私がなんとかしないと。だけどまだ立ちあがる気力がなく、声も張れない。

興奮したなっちゃんには、そんな小さな私の声は届かないようだった。

「おい！　なんとか言えよ！」

「え、あ、あの……その……」

「ま、待ってー！　なっちゃーん！」

――興奮したなっちゃんの耳に私の声はなかなか届かず、彼女が正しい状況を理解するのに、しばらくの時間を要した。

そしてその間、激怒したなっちゃんに水野くんは怒鳴《どな》られ続けていた。

「……あはは。ご、ごめんね。えーと……」

「あ、水野です」

「水野くん、ね。藍を助けてくれたのに、勘違いしちゃって」

「いいえ、いいっすよ」

なっちゃんは申し訳なさそうに謝ったけれど、水野くんはとくに気にした様子もなく微笑んだ。

「藍と水泳大会の係も一緒にやってくれてるんだって？　がんばってね。そして藍のこと、よろしくね」

「はい。吉崎さんにはお世話になってます。がんばります」

――あのあと、私の危機を水野くんが救ったことを、興奮するなっちゃんになんとか説明できた。ついでに水泳大会の係を一緒にやっていることも伝えた。

真実を知ったなっちゃんは、謝罪とお礼を兼《か》ねて『うちでお茶でも飲んでいって』と水野くんを誘った。

『え、いいんすか？』と、水野くんは素直になっちゃんの厚意を受け入れた。

そしてちょうどお客さんもいなかったので、私たち三人は住居スペースのリビングに入った。

「よかったら、うちの焼き菓子も食べてね。それじゃ、私はいったんお店に戻るから、ゆっくりしていってね」

ダージリンティーを淹《い》れ、焼き菓子を並べたお皿をダイニングテーブルに置いたなっちゃんは、そそくさと店舗《てんぽ》の方へ戻っていった。

——水野くんとふたりっきりになってしまった。

「あ、すげーうまい、お菓子」

椅子《いす》に座った水野くんはいつもの調子で、ブラウニーをかじりながら素直な感想を述べる。向かいの椅子に座る私はあいまいに笑う。

変な男に絡まれているところを見られたし、助ける口実とはいえ『俺の彼女』なんて言われたし、そのあと力が抜けてその場に座り込んでしまったし。

いろいろ恥ずかしいところを見られて、どんな顔をして接したらいいかわからなかった。でも、とりあえずお礼を言わなくちゃ。

「……あ、水野くん。まずは、ありがとう」

私はなんとか笑みを作ってそう言ったけど、気持ちがちゃんと落ち着いていなかったせいか、声が少しうわずった。

「いーっていーって。まあ、たぶんもう大丈夫だと思うけどさ。またつきまとってきたら、俺が彼氏って設定、使っていいからね」

あっけらかんとした口調で水野くんは言うけど、あの時の勘違い男は切羽詰まった危ない雰囲気があった。男の人でも、怯《ひる》んでしまう人が多いだろう。

私を助けるのに、それなりの勇気を必要としたはずだ。

でも私に気を使わせないように、あえて『たいしたことではない』という体《てい》で振舞ってくれているのがわかる。

——優しいんだなあ、水野くん。

「——本当に、ありがとうね」

「だからいーってば、もう」

「……うん。もう大丈夫だとは思う。あの人、たまたまよく見る私が目に入っただけで、そこまでこだわってはいないと思うから」

私は彼に今後余計な心配をかけまいと、思っていることを言った。

美結みたいな派手な美人や、三上さんみたいにスタイルがよくて目立つ人に固執《こしつ》するならわかるけれど。

私みたいにメイクも髪も無難で、顔だって十人並みの女の子に執着《しゅうちゃく》する人なんて、きっといないだろう。

「——え。吉崎さん知らないの?」

すると水野くんが、少し身を乗り出して言った。

「なにが？」

「吉崎さん、結構男子から人気あるよ」

「はっ……？」

想像もしていなかった水野くんの言葉。

誰が、誰に人気があるって……？

「嘘だ。だって男子に話しかけられたことなんて、ほとんどないよ……？」

「ちょっと近寄りがたくて、冷めていそうなとこがいいって言ってたよ。クールビューティーだとか。高嶺《たかね》の花、的な？」

「くーるびゅーてぃー、たかねのはな……」

「たしかにぱっと見だと、三上さんとか美結ちゃんとかが目立つけどさ。吉崎さん、顔の作りは綺麗《きれい》だし」

――綺麗。

男の子に『綺麗』なんて生まれて初めて言われて、私は珍《めずら》しくうろたえてしまった。

「み、水野くんもそう思うの？」

そしてとっさにそう聞いてみた。すると、水野くんは。

「かわいい吉崎さんに触ったなんて知られたら、いろんな男に恨まれそうで怖いっすわ」

無邪気に笑いながら、冗談《じょうだん》交じりに言う。しかも、今度は『かわいい』ときた。

すごいなあ、なんでそんなセリフ素直に言えるんだ。

こんなカッコいい人に『かわいい』なんて言われたら、九割方の女子は落ちるだろう。

——私の心臓だって、記憶にないくらい鼓動《こどう》が速くなっている。……なんだ、これ。今の私が抱《いだ》いている浮ついた気持ちは、あの事故以来初めて感じた、心からの感情のような……そんな気さえした。

すると水野くんは、なぜか急に真剣な面持ちになった。

「——でもさ。俺は吉崎さんに対して、それ以上に気になることがあって」

「え……？」

それ以上に気になること？

一瞬、事故に関することかと思ったけれど、水野くんがあのことをおもしろおかしくたずねてくるような人には思えない。

事故のことなんてネットで調べればいくらでも出てくるし。

いったいなんなんだろう。

首をかしげている私に、水野くんはその大きな目でこちらを見て視線を静かに重ねてきた。

「ねえ、吉崎さん」

「ん……？」

「どうしていつも、自分の心を殺してるの？」

その瞬間、場の空気が凍りついた。先ほどのふわふわした感情がどこかへ吹きとぶ。

――なぜ。どうして。

どうして彼は、私が無色透明な景色しか見られないことを、知っているの。

水野くんと話すようになってまだ日が浅いのに。どうして彼にそんなことがわかるんだ。

「え、どういうこと？」

私は軽く笑ってそれだけ言った。追及されたくなくて、うまくごまかしたかった。

――だけど。

「なんかうまく言えないけど……吉崎さんって、楽しそうな時も心から楽しんでないっていうか、自分の気持ちをどこかに置いてきてるっていうか……そんなふうに見えるんだよね」

「………」

なんで、そこまで。

言い当てられるの。

「――意味がわからない。そんなことないよ」

図星をつかれて焦《あせ》り、少し冷たい声で答えてしまった。軽く受け流せば、それで話が終わったかもしれないのに、そんな余裕《よゆう》がなかった。

――そして、私のそんな態度を見て、彼は自分の推測が正しいと確信したようだった。

「なんかごめんね。でも、やっぱりそうなんだね」

「どうしてそう思ったの」

「見ればわかるんだよ」

水野くんは瞳に力を込めて、断定するように言った。

――それ以上言わないで。とくに水野くんのようなまっすぐな人には、知られたくないのに。幻滅《げんめつ》されてしまいそうで。

私だって、こんな自分は好きじゃない。好きになれるわけなんてない。

だけど、自分の力じゃどうすることもできないことは、六年間あがいた結果、わかっていた。

なにかが、誰かが、そんなどん底の私を助けてくれないだろうか。

そう思うことだって何度もあったけど、今までそんなものは存在しなかった。

「――仮にそうだとしてもさ。とくにほかの人に迷惑かけているわけじゃないし、べつによくない？」

私はつっけんどんに言う。これ以上、隠《かく》していた胸の内を追及《ついきゅう》されるのが怖くて。

すると水野くんは私を見つめる瞳に強い光をたたえた。

「でも……すごく苦しそうに見える」

ゆっくりと切なそうに彼が言った、その瞬間。

――私の両目から涙がこぼれ落ちた。

「え……あれ……？」

自分でも意味がわからない。私、なんで泣いているんだろう。ぬぐってもぬぐっても、涙はとめどなくあふれていく。

「わ……！　ご、ごめん！　俺、泣かせる気はなくって！　ごめんね！」

すると水野くんが慌《あわ》てふためいて、立ちあがって私の傍らにやってきた。

「わ、私こそ……ごめ……」

涙が止まらなくてうまく言葉が出てこない。――いや、涙だけじゃない。

『苦しそうに見える』という水野くんの言葉を聞いた途端《とたん》、私の中で感情が暴れだした。

私は苦しいのだろうか？

あの日以来、自分の生きている意味が見いだせなくて、なにをがんばっても誰を好きになっても無意味としか思えなくて。

いつ死んでもいい、とすら思うようになって。

苦しいの？　私？

「み、水野くん……ごめん、今日は……もう……帰って……」

このまま彼にそばにいられたら、落ち着く気がしない。私は涙声でたどたどしく言った。

「うん。本当に、ごめん。また明日ね」

「……うん」

そして水野くんは静かに立ちあがり、踵を返して店舗の方へと戻っていった。なっちゃんからカレーパンを買って帰るのだろうか。

なっちゃんがこっちに来るかもしれないので、私はとりあえず自分の部屋へ避難《ひなん》することにした。

よたよたと歩きながら、階段をのぼって自室へ入る。

すると、本棚に立てていたはずのアルバムが落ちていて、中に挟まれていた写真が少し床に散乱していた。

——何度か私が捨てようとしてゴミ箱に入れたアルバム。しかしその度になっちゃんが気づき、本棚の定位置に戻されているアルバム。

そのアルバムには、生前の両親との思い出が詰まっていた。

本気で捨てたいのなら、燃やすなり山奥に捨てるなり、できるはずだ。だけど、私にはそれができなかった。

――そこまで過去を捨て去る勇気がなく、どこかでなっちゃんに止めてほしいと思っているからなのだろう。

でも、私はあの事故の日以来、両親の写真を見ることができないでいる。見たら自分がどうなってしまうのか、想像もつかなくて。怖くて。

過去に存在した幸せな時間が、私の手からこぼれ落ちてしまったことを、実感するのが怖くて。

――だから見ない。最初からないものだと思い込む。

私には両親との幸せな時間など、存在したことがなかったのだと。今までも、これからも。

私はなるべく直視しないように、散らばった写真を手探りでかき集めた。そしてアルバムに適当に挟み、本棚へと戻す。

それから私はベッドに身を投げ、天井を眺めた。

――私は、苦しいのだろうか。

二〇一八年六月　私と同じ

朝起きると、昨日泣きじゃくったからか、まぶたが腫《は》れぼったくなっていた。そのせいで普段よりも目つきが悪く見え、かわいげのない顔がさらに華のないものになっている。

水野くんはかわいいって言ってくれたけど、やっぱり自分ではどうしてもそうは思えなかった。

アイシャドウやマスカラでなんとかごまかし、登校したものの、うまくできている気がしない。

……美結からデカ目にする方法をもっと聞いておくんだった。

「蒼太。ホームルームまでまだ時間あるし、ちょっとサッカー付き合えよ」

教室に入ると、窓際の席に座る水野くんに、新田くんがそんなことを提案していた。

——昨日いろいろあったし、水野くんと顔を合わせづらいな。今日も放課後に水泳大会の練習があるのに……。

そんなことを思いながら、私は彼らを横目に自分の席に座る。私の席は真ん中の一番うしろなので、彼らからは離れている。

水野くんと無理に接する必要のない位置なので、とりあえず現時点では助かった。

いつも遅刻ギリギリまでメイクとヘアセットに勤しんでいる美結は、当然まだいない。私は通学鞄《かばん》を開けて、ひとり、授業の準備を始める。

「えー……やだよ朝から」

水野くんが少し眠そうな声で言う。彼にしては珍しい、歯切れの悪い返事。今日は寝不足なのかな。

——もしかして、昨日は私のことを心配してくれて、眠れなかったのだろうか。なんて、自意識過剰《かじょう》かな。

「俺は水泳大会のために部活休んでるんだけど？」

「——う。はいはい、わかりました」

冗談交じりに意地悪く言う新田くんに痛いところを突かれ、水野くんは苦笑を浮かべながら了承する。

「よし、じゃあ涼太も行くよ」

うしろの席の内藤くんに声をかける水野くん。内藤くんは相も変わらず、机に突っ伏して寝ていた。水野くんの声ごときでは起きない。

そんな内藤くんの頭をつつき「ほら、サッカーに行くぞ」と、水野くんが耳もとでささやく。内藤くんはやっとゆっくりと顔を上げた。

「はぁ……？　なんで俺が……」

「授業中にイヤホンで音楽聴いてることを先生にバラ……」

「よっしゃ行こうぜ」

水野くんが内藤くんに定番の脅しをかけると、内藤くんは勢いよく立ちあがる。

「もう十五分しかねーじゃん」

「日々のちょっとした積み重ねが大事なのよ、サッカーは」

「……あー、やっぱり眠いわ……」

なんてことを三人はしゃべりながら、教室を出ていってしまった。

——それにしても。

どうして水野くんは、私の隠している内面に気づいたのだろう。

水泳大会の係になってからはよく話すようになったけれど、まだ一週間も経っていないのに。

それに、それ以前はほとんどかかわったことがなかった。私なんて彼の存在すら認識していなかったほどだ。

それなのに、本当にどうして……？

——なんてことを考えていると。

「やっぱりカッコいいねー、あの三人！」

ぶりぶり加藤さんの甲高《かんだか》い声が聞こえてきた。

「王道サッカーイケメンの新田くんに、無邪気でさわやか水野くん、マイペースでかわいい内藤くん……いいよね〜」

加藤さんの隣にいる、これまた彼女と同じタイプの女子が、うっとりした様子で言う。

——まあ、たしかにあの三人はカッコいいよなあ。おまけに水泳大会の練習もしっかり参加してくれていて、性格もいい。

そんなふうに、私が他人事のように考えていると。

「あ、でも知ってるー？　水野くんのこと」

加藤さんが意味深に言うので、私は一限目の化学の教科書を机に置きながら、耳をそばだてた。

加藤さんの席は私のななめ前だし、彼女はやけに声が大きいので、そんなことをしなくても会話の内容は聞こえてきそうだったけど。

「え、なになに？」

「水野くん、家族みんな亡くしてるんだって」

——聞いた瞬間、びくんと全身が震えた。

今、なんて……？

「えー⁉　うっそお⁉　なんで⁉」

「さあ、詳しくは知らないけどね。事故かなにかじゃないかな。前に誰かが話してるの聞いちゃった」

「へー！　水野くん明るいから、そんなふうに見えないね！」

――家族全員、亡くなっている。

一瞬、彼の家族もあの脱線事故の被害者《ひがいしゃ》なのではないかと思ったけれど、それは違うだろう。

脱線事故の遺族たちとは、鉄道会社との慰謝料の交渉《こうしょう》の場や慰霊の集いなどで、何度も顔を合わせている。

水野くんの姿を、それらの集まりで見たことはなかった。

――だけど、水野くんも家族がいない。それも、全員。

加藤さんたちが言っていることが、真実かどうかはわからないけれど。

もし本当だったとしたら、そんなの、私と同じ境遇じゃないか。

「明るそうに見えるけど、親友や彼女になるような人には悩みを吐き出すタイプかもねー」

「それなら私が癒《いや》してあげるのに～！　あーあ。水泳大会の係やればよかったなあ。そしたら水野くんだけじゃなくて、新田くんや内藤くんとも仲よくなれたのにさあ」

加藤さんがちらりとこちらを見た。

その目つきは鋭く刺すようで、怨念《おんねん》めいた負の感情すら見えた気がした。まだ係のことを根に持ってたのか。

私は少しあきれたが、加藤さんのことなんてどうでもいい。彼女の視線には気づかないふりをして、私は再び水野くんのことを考え始める。

――彼が、私と同じ境遇だから。

だから彼は、私の空っぽな内面に気づいたのかもしれない。

自分と同じような目に遭った私を気にかけて見ているうちに、私の上辺だけの感情を見破ったのかもしれない。

それしか考えられなかった。

――だけど、それならどうして。

私と同じように家族を失っているのに、どうして彼は心から笑えて、心からなにかをがんばることができているのだろう。

怖がりの私には、そんなことできる気がしないよ――水野くん。

水野くんの家族事情について知った日の、水泳大会の練習後。

私と水野くんはプールの倉庫内で、練習で使ったストップウォッチやらコースロープやらの片づけを一緒にしていた。

ほかのみんなは更衣室で着替えているはずだ。

昨日彼の前で突然泣きだしてしまったことや、彼の家庭環境《かんきょう》を知ってしまったことで。どんな顔をして、なにを話したらいいのかよくわからなかった。

練習の時はほかのみんなもいたから、あんまり会話をせずにすんだけれど、ふたりっきりになって無言でいるわけにもいかない。

「ストップウォッチ片づけてくれた？　さんきゅー」

しかし、水着姿の水野くんはいたっていつもどおりで。そんなことを言いながら、無邪気に笑う。

「――うん。水野くんもコースロープの片づけ、ありがとう。重かったでしょ？」

「こんくらい大丈夫。男ですから」

そしておどけた様子で言う。

――昨日急に追い返しちゃって申し訳なかったけど、気にしてないみたいでよかった。

「あ、吉崎さん。記録ノート見せて」

「うん」

言われてみんなのタイムを記録しているノートを水野くんに渡す。受け取るなり、彼はパラパラとめくって真剣に考えだした。

「みんなタイムいい感じにのびてるな。まあ浩輝や坂下さんは初めから速かったけど」

「うん」

「でも、三年生はもっと速いだろうなあ。練習の時に見ても、気迫《きはく》が違うよね」

水泳大会の練習は全クラス同じ時間に行うから、私たちが練習している隣のコースで三年生が泳いでいる場合がある。

水野くんの言うとおり、のんびりなんとなく練習を行っている一、二年生と違って、三年生がいる方からは『フォームが悪い』だとか『中継《なかつ》ぎのタイミングが遅い』といった声が頻繁に聞こえてくるので、大会に対する本気度がまったく違うことがわかる。

まあ、我が二年二組は二年生ながら、初日の練習の水野くんの鶴《つる》の一声のおかげでわりと本気で練習しているけれど。

それでもうちのクラスの選手は、みんな気のいい子たちなので、ギスギスした雰囲気はまったく生まれていない。

「うん……さすがに三年生に勝つのは難しいかもね」

最近目にした三年生の練習の様子を思い浮かべながら私が言う。――すると。

「そうかな？　結構いけそうな気がするんだけどなー。みんながんばってるしさ」

「いけそう……なの？」

「たぶんね。美結ちゃんも初めに比べたら全然速くなったし……あとは中継ぎをいか

のもので。
記録ノートを見ながら、水野くんは思考をめぐらせていた。その様子は真剣そのも
に速くやるかが大事かな……？」

私はいたたまれなくなった。――どうして、この人は。

「ねえ、どうしてそんなにがんばれるの……？」

私はうつむきながら、彼に視線を合わせずに言った。水野くんから「えっ？」とい
う声が聞こえてきた。

「どうして、そんなに楽しそうにできるの？　水泳大会の練習の時も、新田くんや内
藤くんとかと話している時も、カレーパンを購買で買おうとしていた時も」

そこで私はゆっくりと顔を上げて、彼に視線を合わせた。

「水野くん、家族いないんでしょ？　――私と同じで」

水野くんはしばらくの間なにも言わずに、私を見つめ返した。否定しないのだから、
やはり加藤さんたちが言っていたことは本当なのだろう。

「私はあの事故のあとから……うまく笑えない。何事にも本気になれない」

あんなにがんばっていた水泳だって、あれ以来、一度もやっていない。

「水野くんは私と一緒なのに。どうしてそんなふうに生きられるの……？」

少し涙ぐみながら私は言った。

どうして水野くんは、大切な人を失っているというのに、明るくしていられるのだろう。

どうして周囲の人が自然と奮い立ってしまうほどの、活力がにじみ出ているのだろう。

私には、そんなことできない。できるはずがない。

——すると。

「——俺の両親さあ。ふたりとも医者だったんだよね」

水野くんが微笑みながら、いつもの軽い口調で言った。私を落ち着かせるような、優しい声音にも聞こえた。

「医者……？」

「うん、父親が緊急《きんきゅう》病院の外科医で、母親が精神科医。——だからさ」

「うん」

「父親も母親も、普通の人よりは死が身近にあったらしくてさ」

以前に、交通事故に遭って救急車で運ばれて一命を取りとめた親戚の叔父さんの話や、テレビでやっていた精神科のドキュメンタリーの内容を思い出す私。

——たしかに水野くんの言うとおりだ。重傷だった私の叔父さんだって、一歩まちがえば病院で命を落としていたかもしれない。

それに精神科に通っている人は、自殺率が高いとテレビで言っていた。

「だからなんとなく、俺にもそういう意識があってさ」

「そういう意識って……？」

「人はいつ死ぬかわからない、っていう意識」

はっきりとゆっくりと、私に聞かせるように彼は言った。

「親もさ、病院であったこととか俺には言わないんだけどね。でも、ふとした時に『後悔しないように生きろ』とか『ひとりでも生きていけるようにしろ』的なことは、しょっちゅう言われてたんだ」

水野くんは少しさみしそうに笑った。ご両親の言葉を口に出して、ふたりと過ごした日々を思い出したのかもしれない。

「だから……俺はこうなんだと思う。自分では普通にしてるつもりなんだけどね。そっか、いつも楽しそうに見えるのか、俺。——あれ、それってなんかバカっぽくない？　俺」

あっさりと自虐《じぎゃく》するので、私はさっきまでの切ない気持ちを忘れて、少し笑ってしまった。

「でも、吉崎さんはさ。っていうか、大多数の人はさ。家族がいきなりいなくなるなんて、受け入れられないと思う」

「――うん」

「だから、俺がたぶん変なんだよ。――吉崎さんみたいに、心を殺して自分を守る方が、自然な気がする」

「え……？」

自分を守る？

「吉崎さんがすごく辛《つら》そうに見えるのは、家族を失って悲しいって気持ちを、押し殺してるからなんだろうなって」

――家族を失った悲しみ。

私は普段、パパやママのことをなるべく考えないようにしている。写真も見ないようにしている。

――そんな存在の人たちなんて、私には最初からいなかった。ふたりのことを思い出そうとしてしまう瞬間に、無理にそう思い込もうとすらしている。

だって、あんなに大好きだったパパとママに、もう永遠に会えないなんていう残酷な真実を、認めたくないから。

――そうか。それって、自分を守ろうとしてるってことなんだ。悲しみがあふれてしまわないように。

「――ごめん。不用意に『なんで感情殺してるの？』なんて聞いて。ときどき辛そうな目をしているのに気づいたから、つい聞いちゃったんだ。でも、辛くても、もっと辛いことを吉崎さんが必死で堪えてるのに。わかってなくて、ごめん」

そう言うと、水野くんはふと倉庫の扉の方を見た。

「そろそろ行こっか。こんなところにふたりでこもってたら、浩輝とか涼太が変なこと想像しそう」

苦笑を浮かべると、水野くんは倉庫の扉の方へと歩きだした。

べつに、私は変なことを噂されてもいいけど。——水野くんとなら。

と、なぜか思った。

まあ私がそうだとしても、水野くんがイヤなのか。

——いや、っていうかそんなことはどうでもよくって。

「——水野くん」

倉庫のドアノブに手をかけた水野くんに私は呼びかける。彼はドアを開けずに振り返った。

「水野くんって、カッコいいね。すごくいいなって、思う」

私はゆっくりとはっきりと言った。心からそう思ったから、ちゃんと言いたかった。

彼は目を見開いて、じっと私を見ていた。

——あんな目に遭ったんだから、私はもう一生なにかを楽しんだり、熱中したり、一生懸命がんばることなんてできないんだと思っていた。

絶対に不可能なんだと思い込んでいた。

だけど、水野くんはそれができている。私と同じ目に遭っているのに。

——私はこのままじゃダメな気がする。

「私、水泳大会の係をがんばってみようと思う。みんなのタイムが少しでも速くなるように。水野くんみたいに、がんばってみたい」

——前に進むことが怖くなって、早六年。すぐには彼のようになれないだろう。もしかしたら、一生なれないかもしれない。

でもやっぱり、水野くんみたいな考え方、いいなって思うから。まずは形だけでも真似してみるよ。

するとう水野くんはしばらく私を見たあと、なぜか顔を赤らめて私から目をそらした。

「……あのさ」

「え?」

「真顔でカッコいいとか言うの、反則じゃね?」

言っている意味がわからず、私は首をかしげる。反則……?　なにか卑怯《ひきょう》なことしたかな。

「あ、なんでもない」

「うん?」

「でも、吉崎さんが元気出してくれたんならよかったよ。うん、一緒にがんばろ」

まだ顔は少し赤かったけれど、水野くんが人なつっこい笑みを浮かべたので、私は微笑み返した。

——うん。とりあえず、できることからやってみるよ。

あの事故のことを考えるのは、パパやママのことを思い出すのは、まだ辛いけれど。

「やっぱり……俺はこうなることになってたんだな」

すると水野くんはぼそりとつぶやいた。独り言のようだったけれど、意味がわからなくて私は眉《まゆ》をひそめる。

しかし、水野くんが準備室からさっさと出ていってしまったので、私は追及することをあきらめた。

——まあ、いいか。

そして、プールサイドに戻って選手のみんなと話しているうちに、水野くんの小さなつぶやきを私は忘れてしまった。

二〇一八年六月　色褪せない思い出

水野くんに触発されてから、私は以前より前向きな気持ちで水泳大会の準備に取り組んでいた。

――まあ、まだそんなにうまくできている気はしなくて。周りの人から見たら、全然変わっていないかもしれないけど。

そして、あれから順調に練習も進み、水泳大会まであと一週間に迫《せま》った朝のこと。

なっちゃんの用意してくれた和風の朝食を、ふたりでおいしく食べていた。

なっちゃんはパン屋をやっている反動からか、家で作る料理は意外と和食が多い。

今日のメニューは、味噌汁《みそしる》に焼き魚、そしてほうれん草のごま和え。

もちろんおいしいし、栄養バランスもばっちりの理想的な朝食。

そんな朝食を私が食べ終えようとしたちょうどその時、なっちゃんが立ちあがりキッチンからなにかの袋を持ってきた。

「藍。今日、水泳の練習をしているみんなにこれ持っていきなよ」

「ん?」

なっちゃんが私に見せたのは、袋づめされたブラウニーやスコーンといった、焼き菓子の数々。

色とりどりで、ご飯を食べ終わった直後であるにもかかわらず、今すぐ口に放り込みたくなってしまう。

「これって……？」

「うん、泳いだあとってお腹空くでしょ？　きっとおいしいと思うよ」

なっちゃんは満面の笑みを浮かべて言った。私は水野くんがおいしそうに食べる姿を想像し、思わず笑顔になった。

「ありがとう！　みんな喜ぶよ」

「うん。——藍、ここ最近元気だよね」

「え？」

なっちゃんは変わらず微笑んでいたけれど、言葉の端々に切なそうな感情が混ざっているように聞こえて、私は彼女の顔をマジマジと見た。

「ここ数日かな。——なんか一生懸命っていうか、イキイキしてるっていうか……うまく言えないんだけどね」

「……そうかな」

たぶん、数日前に水野くんと倉庫で話してからだろう。

あのあとから、私は練習に打ち込むみんなを心から応援できるようになろう、と決めて日々を過ごしていた。

まだうまくできている気はしないし、ふとした瞬間にうしろ向きな考えが復活してしまうこともあるけれど。

「──例の事故のあと、藍のそんな姿を見るのは初めてだから。私、嬉しくて」

「…………」

なっちゃんは涙ぐみながら言う。

──今思えば、私が空っぽな人間であることに出会ったばかりの水野くんが気づくくらいだから、当然なっちゃんもそんな私を見抜いていたのだろう。

うまくやっていたつもりだったけど、私って演技力ないんだなあ。

だけどなっちゃんは、今までなにも言わなかった。きっと、ゆっくり見守っていようとしてくれたのだと思う。私が私のペースで生きるために。

『心配だから』とはっきり言ってくれた水野くんも、黙って待っていてくれたなっちゃんも。──ふたりとも、なんて優しいんだろう。

私はいい人たちに囲まれてるなあ……。

そして、なっちゃんから見た私が、少し前向きに変われていたということが嬉しかった。

抜け殻の状態から、脱することができた気がして。

「──なっちゃん、本当にありがとう。とりあえず私、水泳大会の係をがんばってみる」

「うん、がんばってね。──藍ががんばれてるのは、水野くんのおかげなのかな？」

なっちゃんは、少しニヤッとして言った。

まあ、水野くんのおかげと言えばもちろんそのとおりなんだけど。

なっちゃんの言葉の裏に、私をからかうような意味合いが含まれているのを感じ、私は照れて首を振った。

「な、なっちゃんが期待してるようなことはないから！」

「えー？　ほんとー？　でもカッコいいよね、水野くん」

「そりゃ、まあそうだけど……」

「ふ〜ん？　本当になにも思ってないのかなあ？」

「――！　思ってなーい！　もう、行ってきます！」

耐《た》えられなくなって、私はなっちゃんがくれた焼き菓子の袋を引っつかむと、慌ててリビングから出た。

――思ってないって、なにも。

抜け殻から成長しようとしている最中の私が、誰かに恋をするなんて、さすがにまだまだ早い気がする。

あんなにキラキラしていてカッコいい人を好きになるなんて、おこがましい気さえするのだ。

「すごい！　最初より十秒も速くなったよ！」

私は飛びあがってストップウォッチを掲《かか》げる。

三上さん以外のみんなは私に駆け寄り、リレーのアンカーの水野くんは、プールの中でゴーグルを額に上げ、驚いたように私を見ていた。

「すげー！　どんどん速くなってんじゃん！」

私の傍らで嬉しそうに微笑みながら、新田くんが言う。

「私もう足引っぱってないよね!?　大丈夫だよね!?」

「うんうん、もちろんだよ」

「――すごくがんばってるよ」

興奮気味に言う美結に、優しそうに頷く坂下さんと、それに同調する内藤くん。

三上さんは私の近くに来たくないのか、少し離れたところに立っていたけれど、ちらりと横目で見ると満足そうな顔をしているように見えた。

「これ、マジ優勝狙えるんじゃね？」

水野くんがプールから出てきて、私の横でいつもの屈託《くったく》のない笑みを浮かべて言う。

本当に、このタイムなら狙えるかもしれない。私は素直に嬉しさを覚えていた。自然に笑みがこぼれる。

こんなふうに、心から『嬉しい』と思えたのはいつぶりだろう。

「じゃあ、最後にもう一本……」

行こうか、と私が言いかけた、その時だった。

「──はぁ。ないわー。マジ空気読めよって感じだよね」

「ほんとそれ。二年がそんなにがんばることないのに。三年に花持たせろっての」

プールサイドの少し離れた場所から、そんな刺々《とげとげ》しい声が聞こえてきた。

思わず、声のした方を向く。するとそこには、水着を着た三年生の女子ふたりが、意地悪そうな笑みを浮かべて立っていた。

「私ら、今年で水泳大会も最後なのにね。下級生が優勝するつもりとかありえなーい」

「目上の人に対しての振る舞いがなってないよねえ」

ふたりは私たちの方はあえて見ずに、しかし声を張るようにしてあきらかなイヤミを漏《も》らす。

「──え、なにあれ……なんかやだね」

美結が小声で耳打ちする。

イヤなことがあればはっきりと物申すタイプの美結だが、こんなくだらないことで揉《も》めるのはバカらしいと思っているようだ。

「相手にしない方がいいよ。今日はもう上がろうか。いいタイム出たし、そこで終わっとこ」

　すると水野くんは、平然とした様子で言った。

「そうだね、帰ろっか」

「明日またがんばろーぜ」

「……帰って寝る」

　そんな水野くんに、坂下さんと新田くん、内藤くんも賛同し、素知らぬ顔でプールサイドに置いてあったタオルで体を拭《ふ》き始める。

　すると、私たちのまったく動じない様子が気に入らなかったのか、先輩たちが苛立ちをあらわにした。

「なにあれ！　生意気！」

「普通もっと気を使うよね、本当にありえないわ」

　いったいなにに気を使えというのか。

　第一、私たちは学校行事に一生懸命取り組んでいるだけで、文句を言われるようなことはなにもしていない。

　前提からしてまちがっているというのに。

　苛立った私は、もう文句のひとつでも先輩に言ってやろうかと思った。

　余計話がこじれてしまうかもしれないけど、がんばっているみんなに対してけなすような発言をすることは許せなかった。

だけど、私が口を開く前に。

「――タイムが速いクラスが優勝する。それだけなのにね」

今まで状況を静観していた三上さんが、ゆっくりと、しかしはっきりとそう言った。

「くだらないこと言ってるヒマあったら練習した方が優勝できる可能性も上がるよね。

――私たちは明日もがんばろ」

そう発言した三上さんは無表情だったけれど、瞳は氷のように冷たく、刺すような視線を先輩に向けていた。

「な……なによ！」

「ほ、本当に生意気！」

三上さんのド正論に、うまく反論できないのか、先輩ふたりは口ごもりながら悪態をつく。

しかし、彼女らのクラスメイトらしき男子がやってくると、急にこびたような笑みを浮かべて、今までのことなどなかったかのように甘えた声を出し始めた。

そしてそのまま、私たちとは反対側のプールサイドへ歩いていってしまった。

――ああ。ぶりぶり加藤さんタイプか。どこのクラスにもいるんだなあ。

「三上さん言うね～！　ねぇ、舞ちゃんって呼んでもいい⁉」

「は……？　いいけど……」

「舞ちゃーん！　カッコよかったー！　ほれるわー！」

「う、うん」

美結が三上さんに絡みだす。三上さんはとまどっているように見えたけれど、口もとは笑っているから、まんざらでもなさそうだ。

「いやー、でも正直スカッとしたよ」

「二年も三年も関係ないよね。速いチームが勝つんだから」

水野くんと新田くんも、三上さんの言動にすっきりしたようで、晴れやかに笑って言う。

──なんか、みんな仲間って感じでいいな。

あんなに面倒に思えていた水泳大会が、もうすぐ終わってしまうのが、少し残念にすら思えてくる。

「じゃあすっきりしたところで解散しようか」

「うん、お疲《つか》れー」

「あ、そうだ！」

水野くんの言葉に頷く美結を見て、今朝なっちゃんにもらった焼き菓子の存在を思い出した私。

更衣室はもちろん男女別々なので、いつもプールで別れの挨拶をしたあと、みんなバラバラに帰ってしまう。

女子はプール後の身支度が長いので、男子がいつも先に帰る形になる。

焼き菓子をみんなに渡すなら今がいいだろう。

「ちょっと待ってて！」

みんなにそう言うと、私は荷物を置いている更衣室に急いで入り、焼き菓子が入っている袋を取ってプールサイドに戻った。

「これなっちゃん……うちでパン屋やってる叔母から。よかったら、食べて」

「わー！　藍の家のパン、すごくおいしいんだよー！　やったあ！」

美結が瞳を輝かせて喜ぶので、私は微笑んで彼女に焼き菓子のつめ合わせの袋をひとつ渡した。

「吉崎さんちのパンはカレーパンしか食べたことないけど、たしかにうまかったなあ。ありがと、お腹減ってたんだ」

水野くんも嬉しそうに笑う。

「――うん、よかった」

水野くんの素直な微笑みは、なぜか私の心を揺りうごかす。思わず私の顔もほころんでしまった。

ほかのみんなも「マジでー？　今度行ってみようかな、パン屋」「ねえねえ、お店どこにあるの？」「焼き菓子すごくかわいいね」などと口々に言って、嬉しそうに受け取ってくれた。

そして私は三上さんの方を向く。彼女はぎょっとしたような表情をした。

私は嫌われてしまっているけれど、みんなに慕《した》われていて、頼りになる姉御肌の三上さん。

バレー部の練習で途中で抜けることもあるけれど、水泳大会の練習だって、当然がんばってくれている。

「——はい、三上さんも」

私はほかの人と同じ態度で、三上さんに向かって焼き菓子の袋を差し出す。——すると。

「あ、ありがと……」

とまどった顔をしながらも、あっさり受け取ってくれた。

もしかしたら、理由をつけて『いらない』と言われるかもしれないという心配はもちろんあった。

それに、今受け取ってくれたのも、ほかのみんながいるから仕方なく……という可能性もある。

だけど、まあいいや。三上さんが私を嫌いでも、私が三上さんを嫌う理由はないのだから。

三上さんが私を恨んでいるという件は、少し前まで気がかりだった。

でも水野くんと接しているうちに、この件についても前向きな気持ちを抱けるようになっていた。

このことは水野くんとは直接関係ないのに、不思議だなあ。

「――私バレー部の練習行くから、もう行くね」

三上さんはうつむき加減でみんなにそう言うと、更衣室の方へそそくさと歩いていってしまった。食べてくれるといいな、お菓子。

そして、ほかのみんなは。

「あ……これほんとうまい。水泳で疲れた体に最高です」

内藤くんが袋を開けて、すでに焼き菓子をおいしそうに頬張っていた。

「おいおい、プールサイドで食べると見つかったらやべーじゃん！」

「――だって、こんなおいしそうなのが目の前にあったら食わずにいられねぇよ」

焦った新田くんの言葉にかまわず、焼き菓子をまたひとつ口の中に放り込む内藤くん。

「ほら！　さっきの先輩もこっち見てんじゃん！　言いつけられるぞ！」

「早く帰ろ！」

「ええ～……。吉崎さん本当にありがとう。ごちそうさまです。じゃ」

うろたえる新田くんと水野くんに引きずられるように、更衣室へと連行される内藤くんは、いまだに口をもぐもぐさせていた。

「あはは！　ほんとおもしろいねー、あの三人は！」

「そうだね～。とくに内藤くんにはいつも笑わせられちゃう」

美結と坂下さんが、男子更衣室の扉を眺めてふたりで笑いあう。

坂下さんとは接点がなくて今まであまりしゃべったことがなかったけれど、おだやかで話しやすくて、この機会にずいぶん親しくなれたと思う。

もちろん男子三人とも。――三上さんは、今日初めて少し絡めたかな。

「あ、私も吹奏楽部に顔出したいから、もう行くね」

「うん、ばいばーい！」

「またね」

更衣室へ入ろうとする坂下さんに、美結と一緒に手を振る私。

坂下さんが行ってしまうと、美結がやたらニヤニヤしながらこちらへ寄ってきた。

「なに美結……？　なんかキモいよ」

「最近、藍さあ……水野くんといると嬉しそうじゃない？」

「えっ……？」

まったく想定外のことを言われ、私は眉をひそめる。

「さっきだってさー、水野くんがお菓子受け取った時……藍ニヤけてたじゃん？」

「ニ、ニヤけてないし！」

「いやー、誰が見てもニヤけてたから。もう恋する乙女《おとめ》にしか見えないわ」

美結の断言するような言葉に私は内心慌てる。そんなに変な顔してたのか、私。恋する乙女だなんて……まずい。

「と、とにかく違うから！」

私は慌てて否定する。

――水野くんみたいな考え方はいいなとは思えたし、水泳大会もがんばってみようとは思ったけれど。

六年間も心を閉じ込めていた私には、まだ眩しすぎる。

「えー、ほんとー？」

「ほんとだよ！　しつこいなあ、もう」

全力で否定する私に、美結は全然納得いかない、という表情をしていたけれど。

そして更衣室で着替えている間も、帰り道も、美結はなにかを言いたそうな顔をしていたけれど、私は気づかないふりをして彼女と別れ、帰宅した。

——そんなこんなで、前向きに学校生活を送れているところだったのだけど。

また風邪をひいて、学校を休んでしまった。水泳大会はもうすぐだというのに。

この前風邪をひいてから一ヶ月も経っていない。そんなに病弱な方ではないのに、なぜこんなに短期間で二度も寝込んでしまったのだろう。

布団の中でぼんやり考えていると、思いあたる節があった。

少し前まで無気力で『いつ死んでもいい』と思っていた分際で、キラキラ水野くんの真似なんてして、係の仕事をがんばってみたり、みんなのタイムが速くなったことを喜んだりしたからだ。

まだ、私の根底には『どうせがんばったって、なにかの拍子《ひょうし》にすべてが消えてしまう』『嬉しいことがあったって、一瞬で壊れてしまう日が来る』——そんな思いが、どうしても残っていた。

きっと、体に合わないことをしたから、風邪なんてひいてしまったんだ。

私は見慣れた天井を見ながら、そんなうしろ向きな現実に打ちのめされていた。

昨日の朝から熱が出て、今朝も下がらなかった。

だけど、昼寝をして起きたら体がすっきりしていて、平熱まで下がっていた。

明日は学校へ行けそうだ。明後日が大会本番だから、最後の練習には参加できるはず。

だけど、どうしたら無気力な私は消えてくれるのだろう。

不本意なタイミングでの体調不良は、水野くんのおかげでせっかく前向きになりかけていた私の心を、どん底にたたき落とした。

──ため息をついたその時、自室のドアをノックする音が聞こえた。私は寝っ転がりながら、明るい声を作って「はーい」と返事をする。

「美結ちゃんがお見舞いに来てくれたわよ。入ってもいい？」

「うん」

ドア越しになっちゃんの声に返事をすると、美結がドアを開けて入ってきた。なっちゃんは美結のうしろにいたが、私の部屋には入らず去っていった。きっとお店に戻るのだろう。

「藍ー！　大丈夫？　おばさんはもう熱が下がったって言ってたけどさ！」

「うん、明日には学校行けると思う」

「よかった！　二日も休むから心配してたんだよ～」

私が寝ているベッドの傍らで、心底安心したように笑う美結。

──いつも美結は私を気遣《きづか》ってくれる。事故の前も事故のあとも、ずっと。

でもそういえば、小学生の頃の美結は小さくて今より少し気弱で、よく男子にいじめられていたなあ。

対照的に私は水泳をやっていて力が強かったから、よく美結をかばって男子と取っ組み合いのケンカをしたりしたっけ。

今となっては考えられない過去の自分だ。

きっと美結は、事故のあとの私の変化にも気づいているはずだ。

隠しているつもりだったけれど、水野くんもなっちゃんも気づいているのだから、察しのいい美結が見逃さないはずがない。

――なんで変わってしまった私のそばにずっといてくれるのだろうと、不思議だった。

私のそんな暗い考えなど知る由もない美結は、急にイタズラを思いついた子どものように、ニヤッと笑った。

「あ、そうそう今日はもうひとりお見舞いに来てるんです～！」

「え、誰？　坂下さん？」

「ぶー、はずれー。ではご登場いただきましょう！」

「――ちっす」

少し照れながら私の部屋に入ってきたのは……鞄を無造作に担いだ制服姿の水野くんだった。

「水野くん！」

私は驚くと同時に、嬉しさが込みあげてきて顔が自然にほころんでしまった。

「あれー？　なんか私が部屋に入った時よりも嬉しそうじゃない、藍」

「はっ……⁉　違うし」

美結がおかしそうに意地悪く言うので、私は慌てて否定する。

そして自分の状況に気づきうろたえる。一日寝てたから髪もぐちゃぐちゃだし、ノーメイクだし、おまけにパジャマだし！

「来るなら来るって言ってよ……」

自分のだらしない状態を少しでも隠そうと、私は掛《か》け布団を鼻までかぶって、かすかな声で言う。

「え、ごめん。心配でさ」

「うんうん、ほかのみんなも心配してたよー。新田くんも内藤くんも坂下さんも舞ちゃんも」

舞ちゃん……三上さんも？　私を恨んでいるらしい三上さんが、私の身を案じたりするのだろうか。

でも三上さんとそれなりに仲よくなった美結が言っているのだから、そんな様子があったのだろう。もしかしたら、心配するふりかもしれないけれど。

「あーっと！　私そういえば用事あったんだったー！」

美結が急に白々しい声をあげた。

「え、美結？」

「もう行かなきゃいけないなー。じゃあ水野くん、あとはよろしく！」

「ちょ、ちょっと！」

「ばいばーい！　まったねー！」

引きとめようとする私を華麗《かれい》にスルーし、美結はニヤニヤしながらそそくさと私の部屋から出ていってしまった。

――なんなんだ美結さん。なにか、勘違いしている。

なっちゃんといい、美結といい、なんでみんな私が水野くんを好きなことにしたがるんだ。そんなふうに見えるのだろうか。

水野くんとふたりっきりで残され、しばしの間、部屋が静かになる。

でも、せっかく心配して来てくれたのだ。このまま無言でいるわけにはいかない。

私は布団を少しめくって顔を出した。

「あ、あのね。聞いてたと思うけど、もう結構大丈夫だから。心配いらないよ」

「――そっか。よかったよ」

ベッドの傍らに座った水野くんが、おだやかに笑う。

その微笑みを見た瞬間、私の心臓の鼓動が速くなったような気がした。

「水泳大会には全員そろって出たいもんな」

「――私は係やってるだけで選手じゃないんだから、当日いなくてもなんとかなるよ」

「え、ダメだよ。今までみんなでがんばってきたんだし。――それに最近吉崎さん、前よりも明るくなって、楽しそうに見える。一生懸命やってるみたいだから。いないとダメだよ」

「………」

私が明るく、楽しそうに見える。

そうだとしたら、それは水野くんのおかげなの。あなたが楽しそうにがんばる姿がキラキラしていて、憧《あこが》れの念を抱いたから。

だけど、私の根底にある考えが消えなくて。

――がんばったって、嬉しいことがあったって、なにかの拍子に消えるんじゃないか。全部無駄なんじゃないかって。

そう考えたら、急に涙が込みあげてきてしまった。

「――どうしたの？」

そんな私の変化に気づき、私を心配そうに見つめる水野くん。

だけど、うまく自分の思いが言えなくて。こんなうしろ向きな考えが消えない自分がイヤで、知られたくない思いもあって。

私は潤《うる》んだ瞳で彼を見つめ返すことしかできない。

——すると。

バサッ、と本棚の方からなにか物が落ちる音が聞こえた。私は首を本棚の方へと向ける。

そして本棚から落下したものを見て、私は固まった。

「ん？　アルバム落ちたよ」

そう、落ちたのはアルバム。

パパとママの生前の姿や、ふたりに囲まれて幸せそうにしている私や、最後の大阪旅行の写真も入っている——私が何回も捨てようとした、過去の幸せの象徴《しょうちょう》。

きっと、前に落ちた時に急いで片づけたから、本棚の奥までしまえてなかったんだ。

水野くんが本棚の方へ向かおうとしたので、私は飛び起きて彼よりも早くアルバムを手に取った。

「吉崎さん……？」

私の突然の俊敏《しゅんびん》な動きに、水野くんからはとまどいの声が漏れる。

「だ、大丈夫！　私がしまうから」

「そう……？」

——なんとなく、見られたくなかった。今は存在しない家族と一緒に写って、無邪気に笑う私の写真を。私と同じように、家族を亡くしている水野くんにすら。

今の私には、愛してくれていたパパもママもいない。

絶望を知ってしまった私は、あの頃のように屈託なく微笑むことだって、もうできない。

あのアルバムに収められた写真の頃に比べて、今の私はあまりにも落差がある。

と思ったのに、私が慌ててアルバムを拾ってしまったため、手もとから写真がひらひらと二枚も落ちてしまった。

それも、写真の表が見えている状態で、水野くんの足もとに。

私がなにかを言う前に、水野くんが写真を拾ってしまった。

「——この写真」

水野くんが緊張した面持ちになる。

直視したくなかったから横目で見たけれど、写真の一枚には私の両親と、ふたりに挟まれた十歳の私が写っていた。

そしてもう一枚は、私が大阪旅行で創作し、帰る間際になくしてしまった青いとんぼ玉のミサンガの写真だった。

「ずっと前の私だよ」

私は苦笑を浮かべて、まるで自分しかその写真には写っていないかのように言った。

――私に優しい両親なんて最初からいなかった。私は、いまだにそう思い込もうとしていた。

「お母さん、吉崎さんにそっくりだね。お父さんはカッコよくて優しそう」

だけど水野くんは容赦《ようしゃ》なくそう言う。無論、悪気なんてないだろう。

だけどそのひとことに、私には昔、そっくりな母親と、カッコいい父親がいたという事実を突きつけられる。

「――うん」

私はうつむいた。――泣きそうだ。今まで見ないようにしていたのに。いなかったことにしたかったのに。

「どうしたの……？」

頭を垂れる私に水野くんが心配そうに言う。

「見たくないの。――好きだったから、パパもママも」

「え……？」

「だから私のもとからいなくなったって、思いたくないの。――写真を見たら思い出してしまうから、イヤなの」

私はしばらく黙ったあと、こう続けた。

「――大好きなのに。いきなりいなくなっちゃった。バイバイも言ってないのに。ずっと一緒にいたかったのに。……怖いの。私の周りの人がまたいなくなるんじゃないかって」

なっちゃんも美結も水野くんも……ある日突然、いなくなっちゃうんじゃないかって。

だから、いなくなった両親を最初からいなかったと思い込みたかった。家族で過ごした日々は、私が思い描いた、ただの夢だったんだと。

そうすれば、この先誰かがいなくなっても耐えられるんじゃないかって。

「――たとえいなくなったとしても。それまで過ごした時間は消えることはないんだよ」

すると水野くんが意を決したような声で言った。思いがけない言葉に、私は虚をつかれた。

もしこれが水野くん以外の人の言葉なら、私は聞く耳すら持たなかっただろう。だけど、私と同じように家族を失っているらしい水野くんの言葉だったから、しっかり意味を考えてみようと思えた。

「それまで過ごした時間……？」

「吉崎さんがご両親と過ごした幸せだった時間は、たしかにあったんだよ。もう増えることはないかもしれない。でも、決して減ることはないし、失うこともないんだ。ご両親と過ごした事故までの楽しかった思い出は、ずっとずっと覚えていられる。それまでにふたりからもらったものが、たくさんあったはずだ。全部なかったことにしたら、それもなくなっちゃうんだよ。吉崎さんの頭の中にちゃんとあるはずだよ」

「頭の中に……」

そう言われて、自然と両親との記憶が浮かんできた。

小学校の入学式。初めて水泳の大会で優勝した時の喜んでくれた顔。誕生日にお祝いしてくれたこと。

——数えきれないほどのパパとママとの記憶。

だけど、ふたりの写真すら何年も見ていない私は、すでに両親の顔をぼんやりとしか思い出せなくなっていた。

急にふたりの顔が見たくなった。

「水野くん！　写真見せて！」

「え……!?　う、うん」

急に興奮気味に言った私に少し驚きながらも、水野くんは二枚の写真を手渡してくれた。

重なった二枚の写真の一枚目は、とんぼ玉を通したミサンガの写真。

ママと一緒に作ったんだよなあ。

とんぼ玉は濃い青と水色がまばらになっていて『藍って名前にぴったりだね』ってママが言ってくれたんだっけ。

――新大阪駅でなくしちゃったの、残念だったなあ。

そして、私はもう一枚の写真を見た。

事故の直前に大阪のテーマパークで撮《と》った写真だった。

カメラも事故に巻き込まれたけれど、奇跡的に壊れなかったので、なっちゃんがプリントしてくれたのだ。

テーマパークのキャラクターの真似をして、おどけた顔をする真ん中の私。それを見守るパパと、おかしそうに笑うママ。

――ああ。こんな顔だったなあ。パパとママ。

そう思った瞬間、目からは大粒《おおつぶ》の涙がこぼれた。私は全身の力が抜けてしまい、その場に座り込んだ。

「……大丈夫？」

水野くんが私の隣にしゃがみ、不安そうに言った。

「――パパとママはね、私が一番の宝物だっていつも言ってくれたの」

私はつい、水野くんにそう言ってしまった。

こんなこと言われても困るかな？　と、言ったあと少し後悔したけれど、水野くんがゆっくりと頷いてくれたので、安心した。

「私も大好きだったなあ。……なんで私、大好きなのに忘れようとしてたんだろ」

いろんな場面でのパパとママの表情が頭の中に浮かび続ける。笑った顔、怒った顔、心配している顔。

すべて、私を愛してくれていたから、私に向けられた顔だ。

——私はたしかに両親に愛されていた。

今はいなくなってしまったけれど、あのふたりがいたから。あのふたりが十歳まで大切に育ててくれたから。

今の私があるのだ。

「私……ずっとずっと、忘れ……な、い」

涙がどんどんあふれてきて、うまくろれつが回らなくなる。すると肩と背中に優しいぬくもりを感じた。

水野くんがそっと私を抱きしめていた。

私は一瞬驚いたけれど、イヤだという気持ちはまったくなかった。

それどころか、彼の腕の中はとても心地よくて。私はずっとこのままでいたいとすら、思った。

そして、なぜかどんどん大きくなる自分の心臓の鼓動。火照《ほて》っていく体。

――なんだろう。すごくドキドキする。

男の子に抱きしめられているからかな。でも、なんとなくそれだけじゃない気がする。

きっと相手が水野くんだから――。

そして私は彼の腕の中で、涙声でたどたどしくこう言った。

「パパとママの、こと……。忘れ、ない。いつまでも……一緒に……いる」

心の中でふたりは生きている。私が忘れない限り、記憶は消えない。三人で過ごした幸せな日々は、ずっと色褪《あ》せない。

「うん……」

水野くんはぎゅっと私を抱きしめた。私は耐えられなくなり、声をあげて泣いた。

しばらくの間、私は水野くんの腕の中で、これでもかというくらい、涙を流し続けた。

二〇一八年七月　水泳大会

いよいよ水泳大会当日。大会は午前中の授業を二時間潰して行われる。

選手じゃない人間にしてみれば、リレーを見学しているだけの時間になるからラッキーだというやる気のない声も多い。

しかし、実際クラスの代表が一生懸命泳いでいる姿を目にすると、みんな自然と応援に熱が入る。

去年も、最初は『面倒くさい』と文句を言っていた派手めな女子たちが、大声をあげて応援している光景を目にした。

うちの学校は各学年八クラスずつだが、プールも八コースしかないので、一年生、二年生、三年生の順に入れ替えでリレーが行われる。

それですべてのクラスが泳ぎ終わったあと、タイムで順位が決まる。

選手以外のクラスメイトたちは、自分の学年が泳ぐ時だけプールサイドに来て応援する形だ。

うちの学校のプールは広いので、一学年くらいなら余裕で全員入ることができる。

そして選手は、大会が始まる前に準備運動と最終練習をする時間がある。

ちょうど今は、準備運動前の選手たちが更衣室で着替えている時間。

一年生が着替え終わり、二年生の選手たちが更衣室に入ったところだった。

係の私は大会の準備にてんてこまい。すでに水着に着替え終わった水野くんと一緒に、記録員が着席するための椅子と机を運んでいた。

——おととい、私の部屋で自分の胸だけにしまっていた思いを彼に打ち明けて、号泣して。しかも彼の前で泣いたのは二回目ということもあって。

あのあと、我に返った私はとてつもない恥ずかしさにおそわれたのだけど、水野くんはいつもどおりのほほんとしていて、おだやかで。

『泣きたくなったら、いつでも言ってよ。もう吉崎さんに泣かれるの、慣れちゃったから』

彼はそんなふうに、屈託なく笑いながら言ってくれて。

なんて私を楽にしてくれる言葉なのだろう。いや、言葉だけじゃない。

水野くんの存在が。水野くんという、存在自体が。

すでに、私の心の支えになっていた。

そして、そのあとの水野くんはいたっていつもどおりに接してくれたので、楽だった。

たぶん私のことを気遣って、あえてそうしてくれているのだろうけど。

「——いよいよだね」

「おー、昨日もタイムはいい感じだったし、マジで優勝狙おうぜ」

椅子と机を運びながら、そんな話をふたりでする。

練習期間中ずっと、みんな本気でがんばっていたから、本当にいい結果になるといいな。

とくに、水野くんは係も選手もやってくれて。——私の止まっていた心も動かしてくれて。

水野くんが喜べるような結果になるといいな。

机と椅子を指定された位置にセッティングしている間、私は水野くんの整った顔をちらちら見ながら、ひそかにそんなことを思っていた。

——そして、作業が八割方終わって一息ついた、その時。

「藍！　水野くん！　まずいことになった！」

美結が血相を変えて叫びながら走ってきた。

途中で体育教師に「プールサイドは走るな！」と言われて足を止めたけれど、そのあとも早歩きで私たちのもとへとやってくる。

「どうしたの、美結。そんなに慌てて」

「なんかあったの？」

そうたずねる私と水野くんを見つめながら、急いでこっちへやってきた美結は、乱れていた呼吸を整えている。

そして美結は、驚愕の事実を私たちに告げた。

「坂下さんが、捻挫《ねんざ》したの。たぶんリレーには出られない」

保健医は坂下さんの捻挫した足を見るなり、顔をしかめた。

彼女の足首は、赤く腫れて膨《ふく》らんでいる。素人目にも、ただごとじゃないことはわかる。

「これは？　痛い？」

「っ……！　痛い、です」

保健医に足首を押され、苦痛で顔をゆがめる坂下さん。

「骨は折れてないけれど、結構ひどい捻挫だね」

「そんな……私、水泳大会の選手なんです。なんとかなりませんか？」

「テーピングしてもいいけど、ケガしてすぐは安静にしないと長引くよ。この足じゃ速くは泳げないだろうし、癖になってずっと痛みが残るかもしれない。悪いことは言わないから、ほかの人に変わってもらいなさい」

「…………」

保健医の無情な言葉に、坂下さんはうつむく。

私とクラス代表の全員は、突然の事態にいても立ってもいられなかったので、保健室に押しかけていた。

保健医に坂下さんの捻挫を処置してもらい、保健室から廊下に出る私たち。

坂下さんは歩くのも大変なようで、内藤くんが肩を貸していた。

「――絶対、先輩たちの仕業だ」

三上さんが怒りの炎《ほのお》を瞳にたたえて、声を押し殺して言う。

――三上さんの話によると、坂下さんは更衣室のロッカーの一番端をいつも使うのだけど、なぜか今日はそこの床が非常に滑りやすくなっていたらしく、彼女は転んでしまったのだ。

床にはなにか油のようなものがまかれていたようだった、と。

坂下さんが使うロッカーの位置を知っていた先輩たちが、罠《わな》をしかけたのではないか、とのこと。

先輩たちって言うのはもちろん、先日『二年のくせに生意気』と言っていた例の女子ふたりだ。

「絶対そうだよ！　だって、私さっき見たよ！　坂下さんがケガして更衣室から出た時、あいつらニヤニヤしながらこっち見てたの！」

「――マジかよ」

美結の言葉に、新田くんも静かだが怒気《どき》のはらんだ声をあげた。

サッカーに常に全力を注いでいる新田くんにとって、こういった卑怯なことは許せないのかもしれない。

それはきっと、バレーをひたむきにがんばっている三上さんも同じで。

「――あいつら……！　ほんっとに許せない！　私文句言ってくる！」

三上さんが踵を返し、駆け出そうとした。――しかし。

「待って！」

今までうつむいていた坂下さんが声をあげた。三上さんは足を止める。

「ちゃんとした証拠《しょうこ》もないし、舞ちゃんが怒鳴り込んでもかわされるだけだよ。やめよう」

「でも……！」

「うん、私も先輩たちだとは思うけどさ、たぶん。――でもやめよう。舞ちゃんが悪者にされちゃうかもしれないから」

坂下さんが弱々しく微笑んで言うと、三上さんは大きくため息をついた。

被害者である坂下さんに止められたことで、先輩たちに怒りをぶつけにいくのはあきらめたらしい。

「――でも、どうする？　リレー」

内藤くんの言葉に、全員が沈黙《ちんもく》する。

坂下さんは大会に出られなくなってしまった。出場するには代理を立てるしかない。

クラスの誰かにお願いすれば、ひと泳ぎくらいしてくれる人は見つかるだろう。

――だけど。

それでは、今までの練習の成果が水の泡《あわ》になってしまう。

みんなで練習した無駄のない中継ぎのコツや、綺麗になったフォームが、急なメンバー変更でうまくいくとは思えない。

この三週間、休まず毎日練習に参加した人間じゃないと、みんなの努力が報われない。

――毎日練習に参加した人間。

私はハッとする。

いるじゃないか。プールにこそ入っていないけれど、毎日みんなの練習風景を眺めて、コツや泳ぎのポイントを知っている人間が。

――でも。

私はもう六年以上も水着を着ていない。かつては全国レベルのスイマーだったとはいえ、そんなブランクのある私が今の高校生たちに通用するのだろうか。

「どうしたの、吉崎さん」

きっといろいろ考えている私が強ばった表情をしていたのだろう。水野くんが訝《いぶか》しげな顔をした。

——水野くん。彼のひたむきさと明るさ。逆境なんて気にしない、マイペースさ。

そして私に……パパとママの記憶が、どんなに大切で忘れてはならないことか、教えてくれた人。

さっき思ったじゃないか。彼が喜ぶ結果になればいいなって。

そしてそうするためには——。

「——私が出る」

私は水野くんの顔をじっと見て、低い声ではっきりと言った。水野くんはハトが豆《まめ》鉄砲《でっぽう》を食らったような顔をした。

「え、吉崎さんが？」

「塩素アレルギーじゃなかった？」

新田くんと内藤くんも、驚いたような顔をしていた。

そういえば、塩素アレルギーって設定だったな、私。焦って失念していた。

「こ、この前検査したら治ってたの！」

そして苦しまぎれに私は言う。三上さんは不審げに眉をひそめたが、なにも言わなかった。よかった。

「そうなの？　それならほかの人に頼むより、私は吉崎さんがいいと思う！」

内藤くんに支えられながら、嬉しそうに言ってくれる坂下さん。

「うん、そうだねー。ずっと練習見てたしね」

「そういう人の方が俺たちとの相性よさそう」

新田くんも内藤くんも坂下さんに同調してくれた。内心よっしゃ、と思った。

「俺も吉崎さんがいいと思うけど、泳ぐのいつぶりなの？　大丈夫？」

水野くんが私の顔を覗き込みながら言う。

「い、家の近くの海ではたまに泳いでいたから大丈夫！」

六年ぶりだよ、なんて言ったらさすがにほかのみんなも反対するんじゃないかと思ったので、私はとっさに思いついたことを言った。

「そっか。——じゃあよろしくね、吉崎さん」

水野くんが私を見つめてどこか意味深な笑みを浮かべて言う。なぜか自信ありげな表情に見えた。私は真剣な面持ちで頷き返す。

すると、私が泳ぐのをやめてしまった理由も、六年間泳いでいなかったことも、すべてを知っている美結が、ニヤリと笑った。

「よし！　それじゃ、早く着替えよー！　水着なら私の予備あるから貸すよ！」

「ほんと？　美結ありがとう！」

「今すぐ行って着替えればまだ練習する時間はあるよ！　早く早く！」

そして私は美結に手を引かれ、プールの方へと走った。

あらわになる太ももに、容赦なく描《えが》き出される体のライン。

よく昔はこんなもんを恥ずかしげもなく着てたなあ……と、六年ぶりの水着は私にそんな感想を抱かせた。

美結とは身長が同じくらいだったので、幸いなことに貸してもらった水着は問題なく着られた。

――胸は美結の方があるし、ウエストもくびれていると思うけど。まことに残念なことだが。

まあ、伸縮性《しんしゅくせい》がある生地のおかげでなんとかなった。

「美結、ありがとう。水着貸してくれて」

更衣室の中で着替え終わった私は、傍らに立つ美結にそう言った。

美結はなぜか、少し切なそうに――だけどなにかをなつかしむような微笑みを浮かべていた。

「――藍は覚えてる？　小学生の時、いつも私を助けてくれてたこと」

「え……」

突拍子のない話に思えて、私はとまどう。しかし美結はかまわず続けた。

「あの時、私ちっちゃくて今より気が弱くてさ。男子によくからかわれて泣いてたよねー」

「……あれは。美結がかわいかったから、ちょっかい出してたんだろうね。今思うと」

美結の言葉に、徐々に当時の情景を思い出してきた私。

「あは。罪な女だね、私」

「今も昔もね」

「まあ、そんなことはいいんだ。それでさ、いつも藍は私をいじめる男子に向かってったよね。『美結をいじめるな！』ってさ。あの時は男も女もなかったけどさ、男子相手にだいたい勝ってたよね」

「やんちゃだったなあ」

取っ組み合いのケンカなんてしょっちゅうだった。水野くんに知られたらドン引きされるかもしれない。言わないでおこう。

「でもさ、男子が一度、一歳上の兄貴を連れてきたことがあったんだよね。覚えてる？」

「――そんなことあったかなあ」

言われて思い出そうとしたけれど、いろんな男子とケンカしていたので、記憶にならなかった。

「その時はやばいと思ったよ。子どもの頃ってさ、一歳違うだけで体格も力も全然違うじゃない？　学年が上のヤツなんて、絶対勝てっこない存在って感じでさ。でも藍は全然ビビる様子なくって、私の盾《たて》になってくれたの。で、結局痛み分けって感じで戦いは終わってさ」

「――殺伐《さつばつ》とした小学校生活だねぇ」

なにやってんだ小学生の私。覚えてないけど。

「ほんと、あの頃はケンカばっかりだったねー。――でも私そこで聞いたの。あまりにも不思議でさ。『なんでいつも私を守ってくれるの？』って。そしたらなんて言ったと思う、藍」

「なんて言ったんだろ……」

「こう言ったんだよ。『美結は大切な親友だから』って」

美結はじっと私を見た。いまだに切なそうななつかしそうな微笑みを浮かべて。

――私はそんなこと、覚えていない。

たぶん、小学生の私にとっては、特別なことではなかったからなのだろう。

美結が親友なのは私の中で当たり前だったのだ。当たり前のことを言っただけ。だから覚えていない。

――もちろん今だって美結は親友だ。

「その時、私は決めたんだ。『ああ、もう一生藍についていこう。この先なにがあったとしても』って」

はっきりとそう言った美結の瞳は、少し潤んでいた。

「藍は水泳がものすごく上手で、いつも私の味方で……本当に頼もしくて」

私は申し訳ない気持ちになった。美結にとって頼りになる存在だったのに、私は例の事故のあとはまったく違う人間になってしまったのだ。

「ごめんね……」

だから私は小さい声で言った。美結は間を置かずに首を振った。

「だって、あんなことがあったんだもん。むしろすごいと思うよ、藍は。藍のことをあんまり知らない人から見たら、悲しみを乗りこえて、普通に過ごしているように見えるもん」

——私のことをあんまり知らない人から見たら。

つまり、私のことをよく知っている美結から見たら、私は全然普通には見えなかったということだ。

「最近の藍は、表情がイキイキしてるように見えてさ。藍は違うって言うかもしれないんだけど、たぶん水野くんにかかわってからだよね。——それでさっきね、『私が泳ぐ』って言った藍の顔がね。昔の藍の顔と同じだったの。頼もしいなあって思えて。

ああ、なつかしいなあ……って……」

言葉の最後の方は震えていた。美結は手で目からこぼれ落ちる涙をぬぐっていた。

私はたまらなくなって、美結を抱きしめた。

「ごめんね……ずっと、待たせちゃって。ずっと、こんなに弱くなった私の近くにいてくれて」

「私こそ、ごめん……なにもできなくて、なにも言えなくて……。水野くんみたいに、藍を変えられなくて」

私は首を横に振る。

変わらずに明るく接してくれた美結に、どれだけ救われたことか。

面倒くさい闇《やみ》をかかえた私なんかといるより、ほかの友達と仲よくしていた方が、楽しかっただろう。

だけど、ずっと美結は私の横で『早く彼氏できないかなあ』なんて軽口をたたいて、笑ってくれていた。

「——今日はがんばるよ。そろそろ行こう。練習の時間、なくなっちゃう」

「うん……」

肩を震わせている美結を促《うなが》し、更衣室から出ようとする私。

美結は目をひとしきりこすったあと、何事もなかったかのような平然とした表情で、私に続いた。

やはり六年ぶりの水泳は、思うようにはいかなかった。

本番前に与《あた》えられた練習の時間は少なく、私たちは二回だけリレーを通しで泳いだのだけど。

「——やっぱり坂下さんに比べたら遅いね、私」

彼女が泳いだ時よりも、トータルで三秒ほどは遅い。

「え、でもぶっつけ本番でこれだけ泳げればすごくない⁉」

「泳ぎ方もすごく綺麗だしね」

「吉崎さん、昔水泳やってた？」

「え……はは」

三上さんと、私の事情を知っている美結以外のみんなは褒めちぎってくれたが、あいまいに笑って私はごまかした。

「速くないのは仕方ないよ。ドタ参でこれだけ泳げれば御の字だよ」

「——うん」

プールの中で水野くんとそんな会話をする。ほかの選手たちはすでにプールから上がって、なにやら相談していた。

そんな私を、二年二組のクラスメイトたちが見ていた。

間もなく本番であるため、選手ではないクラスメイトも応援するためにプールサイドに集まっていたのだ。

その中から、かすかにこんな声が聞こえてきた。

「え、坂下さんの代わりに吉崎さんが泳ぐことになったの？」

「へー、でも塩素アレルギーでプールの授業休んでなかったっけ」

「アレルギーなんて授業サボるための嘘だったんじゃなーい？　坂下さんがケガしたから、さすがにまずいと思って出たって感じ？」

ぶりぶり加藤さんとその仲間たちの声だった。

まあ、塩素アレルギーは彼女たちの言うとおり嘘だし、サボるための口実だったというのもあながちまちがいではない。

少し気になったけれど、私は聞こえないふりをした。

傍らにいた水野くんにも聞こえていたようで、彼はしかめっ面をする。

「せっかく吉崎さんが出てくれるのにあんなこと言うなんて……。ちょっと俺言ってくるわ」

そう言うと、水野くんは険しい顔をしたままプールから出ようとした。私はそれを止めようと口を開きかけた。——その時だった。

一足先にプールサイドに上がっていた三上さんが、加藤さんたちにつめ寄った。

——そして。

「——あんたたち」

「え？」

「事情も知らないのに勝手なこと言ってんじゃないよ」

声にすごみを利かせて、加藤さんたちを睨みつけながら言う。予想外の三上さんの行動に、私はとまどった。

三上さんだって、最初は私のアレルギーを疑っていたし、そもそも私に個人的な恨みがあるんじゃ……。

それなのに、なんで助けてくれたんだろう。

「ご、ごめん」

加藤さんたちは三上さんの気迫に気圧されたようで、情けない表情を浮かべた。

三上さんはそれ以上なにも言わずに彼女らから目をそらすと、私の近くまで歩みよってきた。

「吉崎さん、今日はよろしく……本番前に、少し外の空気を吸ってくるね」

そして私とは目を合わさず、つぶやくようにそう言うと、プールの出入り口の方へ、すたすたと歩いていってしまう。

なんとなくあとを追いかけて外に出たけれど、彼女はそのまま早足でプール棟の裏へ行ってしまった。

——三上さん。私が泳ぐことなんて絶対イヤなはずなのに。とりあえずメンバーとして認めてくれているということなのだろうか。

「あーあ。俺がガツンと言ってやりたかったのにさー。三上さんにいいとこ取られちゃった」

背後から聞こえてきたのは、冗談交じりに言う水野くんの声。

いつの間にか、あとをついてきていたらしい。

「えー、水野くんが言ったら余計こじれるから、三上さんが言ってくれてよかったよ」

「こじれる？　なんで？」

「水野くんみたいなカッコいい男子に味方してもらったら、女子の嫉妬《しっと》が怖いんですよ。鈍《にぶ》いねえ、もう」

私はあきれたように笑って言うと、水野くんはなぜか顔を赤らめた。

「——また。カッコいいとか……そういうのはっきり、言わないでよ。ずるいから」

「ずるい……？」

なにがずるいのだろう。カッコいいなんて褒め言葉じゃないか。理解できずに私は首をかしげる。

すると、水野くんは咳払《せきばら》いを一回してこう続けた。

「――いや、意味わかんないならいいけどさ」

「うん？」

「それよりさ、もっと速く泳ぐ方法がないか、もう一度ルールを確認してみるといいかもね」

「ルール？」

「うん。ルールでは、泳ぐ順番は自由だったよね。そこを変えるとか？」

「うーん……でも今の順番が一番いいと思うけどなあ」

だいたいのクラスでは女子と男子が交互《こうご》に泳ぎ、アンカーは一番速い男子が務める。うちのクラスも、例によって順番は男女交互で、私は第五泳者。

第六泳者のアンカーは、もっともタイムのいい水野くんだ。

アンカーは水野くんが適任だし、それ以外の順番を変えたところでタイムに影響《えいきょう》があるとは思えない。

「そっか。じゃあ、あとは……泳法が自由ってルールがあるよね。その点はどう？」

「うーん……」

水野くんの言葉に私は思考をめぐらせる。

そうは言っても、泳法は、ほぼすべての人間がもっとも速く泳げるクロールしかありえない。

うちのクラスも、もちろん全員がクロールで泳ぐし、ほかのクラスもクロール以外で泳ぐ人は見たことがない。考えるまでもないことだ。

現状が、すでにベストの状態だ。さらにタイムを速くするための抜け道なんてあるのかな……と、私が考えていると。

「続いては二年生のリレーです」

係が拡声器を使って屋内プール内で告げていたのが、外まで聞こえてきた。

私が打開策を見つけられないまま、ついにリレーの本番が始まろうとしている。私と水野くんは、急いで屋内プールの中へと戻ったのだった。


スタート台の前に、泳ぐ順番が奇数の美結、三上さんと一緒に来た私。

順番が偶数の男子メンバーが、プールの反対サイドにいるのが遠目に見える。

「が、がんばってくるね！」

少し緊張した面持ちで美結は言うと、ゴーグルを装着してスタート台の上に立った。

「美結なら大丈夫だよ。あんなに練習したんだし」

私は美結の背中に向かって励ましの言葉を送る。――すると。

「そうだよ。最初よりだいぶ速くなったんだから、自信持って」

そんな私にすかさず同調してくれたのは、三上さんだった。

――美結のことを応援してくれている三上さん。まあ、ふたりは大会の練習を通して仲よくなったから、当然のことかもしれないけど。

でもさっきは私のことをかばってくれて、そして今は私の言葉に乗っかるように美結を応援してくれて。

なんだか、嬉しかった。

「そうだよね！　よっし、いくぞー！」

美結がそう言った直後、係がピストル音を鳴らし、とうとう二年生のリレーが始まってしまった。

私と三上さんが思ったとおり、美結は絶好調で、練習どおりの力を発揮し、第二泳者の内藤くんにつないだ時点で八クラス中三位につけていた。

そして第二泳者の内藤くん、第三泳者の三上さんも、実力どおりの泳ぎを見せてくれた。

第四泳者の新田くんへつないだ時点で、私たちのクラスはトップに躍《おど》り出ていた。

新田くんなら、このまま一位で私のところに来てくれるだろう。むしろ、もっと差を広げてくれるかもしれない。

でも、おそらく今の私の泳ぎでは抜かされてしまう。

今の時点ではほかのクラスとそこまで大きな差はなかったし、ひとり二十五メートルしか泳がないリレーでは、新田くんがいくらがんばってもそんなに差は開かない。

そんなふうに、不安いっぱいの私だったけれど、スタート台に立った瞬間、妙に落ち着いた気分になった。

――なつかしい気持ちだ。水泳が大好きだったあの頃、ここに立つ時は、いつもわくわくしていた。

さあ、泳いでやるぞ。勝ってやるぞ。あの頃の私は、少しでも速く泳ぐことを生きがいにしていて、それが楽しくて仕方がなかった。

そう。そして気持ちが高揚《こうよう》したままプールに飛び込み、高ぶった思いを維持《いじ》したまま最後まで泳ぎきるのだ。

両手でS字に水をかいて、しなやかなドルフィンキックをして――。

ドルフィンキック……？

そこで私はハッとして、水野くんのさっきの言葉を思い出す。

――『泳法が自由ってルールがあるよね』

そうだ。なんで忘れていたのだろう。私が一番得意だった泳ぎは。事故の直前、全国大会で二位になった種目は。

クロールなんかじゃない。

第四泳者の新田くんが勢いよく私の方に近づいてくる。私はちらりと、反対側のプールサイドにスタンバイしている水野くんの姿を見た。

——私、やってみるよ。水野くん。

そして新田くんがプールの壁にタッチすると同時に、私は勢いよくプールへ飛び込んだ。そして、迷わずにバタフライで泳ぎ始める。

息継ぎのタイミングで、プールサイドから「バタフライ⁉」と驚きの声が聞こえてきた気がした。

——なんてスムーズに泳げるのだろう。先ほどのクロールで感じた六年間のブランクなんて、嘘のようだった。

私の体が、心が。バタフライを覚えていた。

私は水と同化したように、味方につけるように泳ぎ、二十五メートルを泳ぎきった。

すると、すぐ頭上で水野くんが飛び込んだ。

プールに入ったまま、その場で荒くなった呼吸を整える。

さすがに六年ぶりの全力のバタフライは、息切れを催《もよお》した。すぐにプールサイドまで這《は》いあがる元気はなかった。

——私、ちゃんと泳げていたのかな？　ちゃんと一位で水野くんにつなげられたのだろうか――。

そんなことを考えていると、反対サイドから歓声が聞こえた。どうやら一位のクラスがゴールしたらしい。

ようやく息切れが収まってきた私は、やっとのことでプールサイドに上がった。

――すると。

『一位は二年二組です！　圧倒的な速さでした！』

放送担当の係の声が響く。――一位は二年二組……？　うちのクラス……？

私たち、勝ったってこと……？

全力で泳いだ疲れと、一位になれたことが信じられない気持ちが合わさって、私はプールサイドで立ちすくむ。――すると。

「吉崎さん！　すっげえ！」

反対サイドから水野くんが走ってきた。

「すげえよ！　バタフライ！　めっちゃカッコよかった！　俺より速かったんじゃない!?」

「いや……さすがにそんなことは……」

まだ二年生の中で一位になったということが信じられず、私は変に冷静な気持ちで答える。

するとと、ほかの選手たちやクラスメイトまで私のもとへと走ってきて、私はもみくちゃにされる。

「吉崎さんすっごーい！」

「バタフライの泳ぎ半端《はんぱ》なかった！」

「こんな秘密兵器がうちのクラスにいたなんて！」

「すごくカッコよかった！」

「圧倒的な泳ぎだったよー！」

「いや……はは。ありがとう」

坂下さんや新田くん、内藤くんに加え、普段話さないような人たちにまで褒めちぎられ、私は引き気味に笑う。

少し離れたところでは美結がその光景を見ていて、私と目が合うと、意味ありげに笑ってウィンクした。

——藍ならやってくれると思ってたよ。

美結のそんな思いが伝わってきた。

すると、ぶりぶり加藤さんが私の近くにそっとやってきて、おどおどしながら私を見た。

「よ、吉崎さん」

「え？」

「さっきは、変なこと言ってごめん。ほんとにごめん……」

心底申し訳なさそうに言う。べつにそんなことたいして気にしてなかったし、しかもアレルギーは本当に嘘だったので、私はあっけらかんと笑った。

「いいっていいって。気にしてないよ」

「……よかった！　あのね、吉崎さん、めっちゃカッコよかった！」

加藤さんは嬉しそうに目を輝かせ、私をたたえてくれた。

どちらかと言うとあまりいい印象はなかった加藤さんだけど、私は素直に嬉しかった。

きっと、加藤さんだって悪い子じゃない。ちょっと男あさりに余念がないだけで。

「いやー、あのバタフライは本当に伝説だね」

「みんながクロールで泳ぐ中、豪快でカッコよかった～」

「他のクラスのみんなもびっくりしてたよね！」

そしてしばらくの間、私はクラスメイトたちに褒めたたえられ、照れ笑いしながらみんなの話を聞いていた。

クラスメイトたちの隙間から、少し離れたところにいる水野くんの姿が時折見えた。

水野くんは私を眺めて微笑んでいた。満足げに……いや。

なぜかその微笑みは、えらく余裕のあるように見えて。まるでうまくいった、俺の思ったとおりだとでも言っているかのようで。

——『泳法が自由ってルールがあるよね』

水野くんの、本番直前の言葉が妙に気になった。

今思えば、まるで私に別の泳法で泳げとでも言っているかのような、君はその方が速いだろうと言っているかのような、そんな気さえしてきて。

水野くんは、私がバタフライが得意だったことを知っていた——？

一瞬そう思ったけれど、まさか、そんなわけない。

二年生になって同じクラスになるまで、顔も名前も知らなかった間柄なのだから。

そして三年生のリレーが終わったあと、結果が発表された。

私たち二年二組は全校で二位、準優勝という結果だった。

ちなみに優勝したクラスは、例の罠をしかけたと思われる陰湿《いんしつ》な三年生女子がいるクラス——ではなかった。

陰険女子がいるクラスは、私たちに僅差《きんさ》で敗れ、三位で終わっていた。

——スカッとしたと正直思ったのは内緒。まあ、みんな思っているかもしれないが。

優勝は逃してしまったけれど、みんなで力を合わせて獲得した準優勝は、この上なく嬉しいものだった。

二〇一八年七月　変われた私

「かんぱーい！」

みんなが、ジュースの入ったグラスを高々と上げる。その表情は、一様に明るく達成感に満ちた笑み。

放課後、私たち水泳大会の選手メンバーたちは、なっちゃんのお店のイートインコーナーに集まり、焼きたてのピザやタルト、ミートパイに舌鼓《したつづみ》を打っていた。

大会後、うちで打ち上げをしようと誘ったら、みんな嬉しそうに乗ってくれた。

まあ、男子メンバーと美結と坂下さんはノリノリで来てくれるとは思っていたけれど、三上さんまでふたつ返事で了承してくれたのは想定外だった。

——べつにいいけど。むしろ嬉しい気さえするけれど。

「全部すっげーうめー！」

「だから言ったじゃーん！　藍のおばさんの作るものは絶品だって！」

「うんうん、カレーパンもおいしかったもんなあ」

目を輝かせておいしそうにピザをかじる新田くんに、美結と水野くんが得意げに言う。

内藤くんは食べるのに夢中なようで、さっきからひとこともしゃべらずにもくもくと咀嚼《そしゃく》していた。

ちなみに、三上さんは私とは離れた席に座り、ときどき隣の坂下さんとしゃべりながら、食事を楽しんでいるように見えた。

「でもいいんですか？　こんなにいただいちゃって……」

「いいのいいの！　みんな練習からがんばってたでしょ？　ご褒美よ！」

申し訳なさそうに言う坂下さんに、焼きたてのカレーパンを持ってきたなっちゃんが満面の笑みで言う。

「なっちゃん本当にありがとう」

「——本当にいいの。私は藍が友達と一緒になにかをがんばってくれたことが、なにより嬉しいんだよ」

私のお礼に、少し切なそうな瞳をするなっちゃん。私は心の中で『今までごめんね』とこっそり付け足した。

「いやー、それにしても今日のMVPは吉崎さんだよな。バタフライ、カッコよすぎ」

「俺、鳥肌立ったわ」

「いやあ……」

新田くんと内藤くんの大層な褒めように、私はどうしたらいいかわからず、頬をぽりぽりとかく。

「うんうん！　私がケガしたのが、かえってよかったりして⁉」

「そ、それはないから！」

坂下さんの冗談に私は慌てて首を振る。

実際、タイムを見たら坂下さんが入っていた時よりは少し遅かったし。坂下さんは

「あはは。そう?」と笑った。

「いや、それでもさー、バタフライであんなに泳げる人初めて見たよ。吉崎さん、もしかして水泳やってた?」

水野くんが私をじっと見て、少し意味深な目つきでたずねる。なんとなく、彼は私が泳ぎが得意だったことを知ってるんじゃないか、とまた思った。

まあでも、どう考えてもやっぱりそんなわけないか。

それにしても、このメンバーに今まで塩素アレルギーだって嘘をついていたことが、申し訳なく思えてきた。

でも、今さら真相を打ち明けたりなんかしたら、幻滅されそうな気がして。

ふと、美結と目が合った。美結は静かに微笑むと、ゆっくりと頷いた。

——大丈夫だよ。

私の不安を理解しているようで、美結が目でそう言っているのがわかった。

私は一回深呼吸して、おそるおそる口を開く。

「——実はね、みんな。薄々気づいているかもしれないけど」

てくれた。

私が神妙な口調で言うと、談笑していたみんなは空気を察してぴたりと私に集中し
「塩素アレルギーって、嘘なの。――精神的に泳ぐのがきつくて、そういうことにしてたんだ」

「それって、例の六年前の事故が関係してるの？」

私の言葉に的確に突っ込んだのは、なんと三上さんだった。私は頷く。

「――うん。その頃水泳をやってたんだけど、全国大会で大阪に行った帰りに……事故に遭って」

しばし場が静寂《せいじゃく》に包まれる。少し離れたところにいるなっちゃんが真剣な面持ちで私を見つめる。他のみんなの瞳には切なげな光が宿る。

「ごめんね。私がケガしたばっかりに、無理に泳ぐことになっちゃって」

涙ぐむ坂下さん。どうやら、私がトラウマをかかえたまま泳いだと思って、その責任を感じたらしい。

私は慌てて首を横に振った。

「ううん、無理に泳いでなんかないの。最近ね、こんな自分のままじゃイヤだなって思ってたの。だからいい機会をもらえて、ありがたいと思ってる。本当に、坂下さんには……みんなには感謝してるの。っていうか、騙《だま》してて本当にごめん」

「——吉崎さん」

坂下さんが瞳に涙を溜めながらも、微笑んだ。私はそれに答えるように、笑みを浮かべる。

「騙してたって言われても……。俺たちは、べつになぁ」

「うん。むしろ、そんな状況なのにぶっつけ本番で泳いでくれてありがたい」

新田くんと内藤くんは、気安い調子で言ってくれた。

「——ふたりとも、ありがとう」

本当にありがたかった。みんなに打ち明けられて。受け入れてもらえて。

三上さんはとくに反応をせず、素知らぬ顔でタルトをつついていたが、その平然とした様子も優しさに思えた。

——すると。

「うえええええん！　藍が……！　藍が——！」

なっちゃんが突然大声をあげて子どものように泣きだしたので、私はぎょっとする。

「な、なっちゃん……？　どうしたの？」

「だ、だってええ！　藍がー！　またこんなふうに前向きになってくれたことがっ！

う、嬉しくてー！　うえええええーん！」

号泣するなっちゃんを見て、今まで心配をかけていたことに申し訳なくも思ったけれど、その泣き方がおもしろくて、私は引きつった笑みを浮かべる。

「お、おばさん！　お、落ち着いて！」

「美結ちゃあああん！　ありがとうー！」

「わ、私も気持ちはわかりますけど！　落ち着いてくださーい！」

「うえええん！　藍ー！」

旧知の仲の美結は、なっちゃんの壊れっぷりを見ていられなくなったらしく、そばに行ってなだめだした。

他のみんなはそんななっちゃんにあっけに取られ、ぽかーんとした顔をしている。

すると、隣にいた水野くんが私の方に首を向け、こう言った。

「おばさんにすごく大事にされてるじゃん、吉崎さん」

優しく笑って彼は言った。

「――うん」

私は気恥ずかしくなりながらも、微笑んで頷く。

そうだ。私はおいしいパンを作ってくれる明るいなっちゃんに引き取られて、幸せなんだ。

パパとママがいた頃も幸せだったけれど、今だって、周りの人に大切にされている。

水野くんの言葉に幸福を感じられた。だけど、水野くんの微笑みに少しさみしそうな影《かげ》が見えた気がして、それがちょっとだけ気になった。

「あ！　そうだ！　これこれ！」

新田くんが大きめのコンビニの袋を出し、その中身を広げた。

「わー！　花火！」

そう、それは手持ちの花火や小さな打ち上げ花火、ロケット花火、ネズミ花火といった、数々の花火たち。

「食べ終わったらみんなで店の前の海でやろうと思って、さっき蒼太と涼太と一緒に買ってきたんだ〜」

「いいねー、やろうやろう！」

坂下さんが目を輝かせる。

――花火をやるのなんて、いつぶりだろう。幼い頃、パパとママとやって以来な気がする。

なつかしく優しい思い出。ふたりのことを思い出すと、やはり悲しさが込みあげてきてしまうれど、決して忘れてはならないのだ。

――今の私がいるのは、ふたりのおかげなのだから。

そしてひととおり食事を楽しんだあと、私たちは夕暮れの海へと向かった。

「おい涼太！　ロケット花火こっち向けて打つな！」

「……？　人に向けて打って遊ぶものなんじゃないの？」

「あ、そうなんだ。じゃあ俺も浩輝に向けて打つわ」

「はあ⁉　やめろや！」

水野くんと内藤くんがロケット花火片手に新田くんを追いかけまわす。新田くんには悪いけれど、その様子がおかしくて私は笑ってしまう。

「わー、綺麗だねー」

「うんうん。私、花火やるの子どもの頃以来なんだけど、やっぱりいいもんだね」

美結と坂下さんはおとなしく手持ち花火で色とりどりの光を楽しんでいた。三上さんも線香花火の儚《はかな》げな光をじっと見つめている。

私は三人の近くにしゃがみ、みんなの様子を眺めていた。

今さっき日が沈み、暗い夜の海と星がたまに瞬《またた》く夜空。花火が綺麗に映える景色だった。

「あ、花火でバケツいっぱいになっちゃったねー」

美結が火消し用のバケツを眺めて言った。花火の量が多すぎたようで、水の張ったバケツには、使い終わった花火が隙間なく刺さっていた。

「じゃあ私、新しいバケツ持ってくるよ」

立ちあがり、私がそう言うと「お願いねー」と美結の声が聞こえてきた。

そしてお店へ行ってなっちゃんにバケツをもらうと、外の水道で水を汲み始める。

みんなが花火を楽しむ様子が少し遠くに見えた。はしゃいだ声がはっきりと聞こえる。――すると。

「吉崎さん」

水が適度に溜まった頃にいきなり話しかけられ、私はビクッと身を震わせた。

水道を止めてから振り返ると、そこにいたのは――。

「――三上さん」

いつの間にか私の背後に立っていた彼女の表情は薄暗い中でよく見えず、その感情はまったくうかがえない。

――なんの用だろう。

以前よりも、三上さんの私に対する態度は軟化《なんか》しているように思えたけれど、必要最低限の会話しかしたことがない。

それも、周りに他の人がいるから、三上さんの方が仕方なく……といった感じだ。

ふたりで話すのは『個人的な恨みがある』と、三上さんに言われた時以来だ。

「私さ、吉崎さんのこと結構前から詳しく知ってたんだ」

私がなにも言わずにいると、三上さんがそんなことを言ってきた。

「え……私のことを詳しくって……どういうこと？」

「例の事故のあと、吉崎さん、結構いろんなメディアで取りあげられてたじゃない？　だって……」

「たったひとりの生き残り、奇跡の少女って？」

私は少し自嘲気味に言った。

「――うん。それ。私はあの事故に関するニュースや、ネットや新聞の記事なんかを、くまなく見てたんだ」

「どうして……？」

「私の親友も事故の犠牲者だったから」

三上さんはそう言うと、水道の前で屈む私の隣に腰を下ろした。その顔には、切なげな微笑みが宿っていた。

私はなにも言えない。男子たちが花火にはしゃぐ声と、寄せては返す波の音が場を支配する。

あの事故の死者は七百名。私の身近に犠牲者の知り合いがいても、なんらおかしいことではない。

「なんで親友は突然死んだんだろうって思ってたから、事故の原因や救助の状況を私は細かく知りたかった。だから手当たり次第に、事故に関するテレビ番組とか、新聞記事とか、ネットの掲示板《けいじばん》の書き込みまで、小学生の私はくまなくチェックした」

「――そっか。それなら私のことも必然的に詳しくなるよね」

私はあの事故を語る上では必要不可欠な存在だったから。今でもたまに記者らしき人間がなっちゃんの店に来ることがある。

「うん。吉崎さんがひとりっ子だってこと。同乗した両親が亡くなったこと。パン屋を営む叔母に引き取られたこと。――事故前はジュニア水泳の有力選手だったこともね」

「………」

だから、水泳大会の選手をお願いした時に、私の塩素アレルギーの件を疑っていたのか。

だけど、私に個人的な恨みがある、と言っていた理由はまだわからない。

「そのうち、私は生き残った吉崎さんに興味を持つようになった。同い年だったしね。そんな子があんな事故に遭って、両親をいきなり失って、どうやって生きてるんだろうって。同情とかじゃないよ。単純な興味だった」

「――うん」

「それでね。私の親友の代わりに生き残った子なんだから。きっと健気《けなげ》に、前向きに生きてるんだろうって、そのうち思い込むようになってしまった。メディアもそういうふうに煽《あお》るしね。そういう美談が世間は好きでしょ？」

「……そうだね」

毎年慰霊の集いに行く度に、私はメディアの餌食《えじき》になる。あの奇跡の少女も中学生になりました、高校生になりましたって。

さすがに最近は普段の生活にまで彼らは侵食《しんしょく》してこないけれど、正直言って目立つのはお断りだった。

――私はみんなの望んでいるような生き方はしていなかったし。

「だから今年吉崎さんと同じクラスになって、私はがっかりしちゃったんだ。常に何事にも関心がなさそうで、淡々としてて。それが『私はべつに生き残りたくて生き残ったんじゃありません』って言ってるようにも見えて。――私の親友の代わりに生き残ったくせに、なんなのその態度、って思えて」

「…………」

「私の親友だったら、もっと楽しそうに生きているはずなのに。――私だってその方が嬉しかったのに、って」

そう言った三上さんの横顔は強ばっていた。声は少し震えていた。

「勝手な言い分だよなあ、って頭ではわかってた。あんな目に遭ったんだから、明るく生きろなんて強要する方がどうかしてる。だけど吉崎さんの顔を見る度に、どうしても親友の死が思い出されて。淡々としてる吉崎さんの代わりに、どうして優しくて明るい私の親友が死んだんだ、って。――だから私は吉崎さんが憎《にく》かった」

「そう……だったの」

私はあの事故のたったひとりの生き残り。被害者の遺族や関係者が、私に複雑な感情を抱いてもなんら不思議ではないだろう。

――なんでうちの家族が死んで、あの子が生きてるんだって。

「ごめんね、今まで。吉崎さんはなにも悪くない。本当に、最初に言ったとおり、私のただの逆恨み」

「――うん。言ってくれてありがとう」

三上さんが私を恨んでいる理由を純粋に知りたかったから、本当にありがたかった。三上さんだって、あの事故の被害者なのだ。その思いを打ち明けてくれたことに、嬉しささえ覚えた。

「でもさ、この前まで私をそんなに嫌っていたのに、どうして今こんなふうに謝ってくれたの？」

今の三上さんに、水泳大会の選手をお願いした時のような刺々しさはない。私は不思議だった。

するとと三上さんはおだやかに微笑んだ。

「だって吉崎さん、変わったから」

「変わった？」

「うん。水泳大会の係をやる前より、あきらかに明るくて前向きになったし、表情も豊かになったと思う。坂下さんがケガをして、代わりに選手をやるって言った時なんか、目が燃えててびっくりしたよ。そんな様子を見てたら、吉崎さんに対するイヤな思いがいつの間にかなくなってたの」

「変わった……私が……」

最近いろいろな人から同じようなことを言われる。なっちゃんにも美結にも。

たしかに自分としても、以前より一日一日が楽しい。『どうせ、いつかなにもかもなくなってしまうかもしれないんだ』と考えることもなくなった。

——私、変われたんだって。パパ、ママ。

「まあたぶん水野くんのおかげだよねー」

両親に思いをはせていたら、いきなり三上さんが茶化すように予想外のことを言ってきたので、私はどぎまぎする。

「え!?　なんでそこで水野くんが出てくるの!?」

「はあ？　だって好きなんでしょ？　水野くんに恋をして前向きになれたんでしょ」

「なんでそう思うの!?」

「見ればわかるよ」

見ればわかるって……。自分でもそんなつもりはないのに、私はいったい彼に対してどのような態度を取っているんだろう。

「っていうか、違うから！」

私は必死になって否定する。自分で認めていないのに、勝手に好きにならされてたまるか。

「え、それなら私が水野くん取っちゃうよ」

すると、三上さんが急に真顔になって無情なことを言いはなつ。

「え⁉」

「水野くん顔もカッコいいし性格もかわいいし、いいと思ってたんだよね」

「や、やめて！」

考える前に口が勝手に動いた。私がはっとすると同時に、三上さんがニヤリと笑う。

「ほら、やっぱり水野くんのこと好きなんじゃん」

「う……」

私は頭をかかえてうつむく。

「まあ、私が水野くんを取っちゃうよってのは冗談だから安心して。私はもっと年上が好みだからさ。同級生はちょっと子どもっぽくて受けつけないし」

あっけらかんと三上さんが言う。この人、カマをかけやがったな……と、私は内心毒づく。

しかし、三上さんが水野くんと恋人になる想像をした瞬間、ズキンと心がひどく痛んだ。心底イヤだと思った。

――そうか、これが好きってことなのか。私は異性に本気の恋をしたことがなかったから、気がつかなかったんだ。

恋といって思いあたるのは、中学生の時に、あまり話したことのない男子から好意を打ち明けられたことがあったくらいだ。

だけど事故のことでうしろ向きになっていた私は、誰かと付き合うなんてまったく考えられなかったし、そもそもよく知らない相手だったので、断った。

そして私は、これまで誰かを好きになったこともない。そんな余裕なんてなくて、自分が誰かに恋心を抱くなんて、考えてすらいなかった。

――だけど今は。

「――うん。私、水野くんが好きみたい」

素直にそう言うと、三上さんはなにも言わずおだやかに微笑んだ。

水野くんは、今度は手持ち花火を持って新田くんを追いかけまわしていた。危ないなあ。よい子は真似しちゃいけないやつだ。

――私は水野蒼太が好きだ。子どものようにはしゃぐ彼を見て私は実感した。

だけど、そう思った直後。

「ん……?」

一瞬、ありえない光景が見えた気がして、私は目をこする。

そしてもう一度見返した時には、そのありえない光景はなくなっていた。

「どうしたの?」

三上さんが、変な行動を取っていた私に不思議そうに問いかける。

「ごめん、なんでもない」

私は軽く笑って答えた。

どうやら私は疲れているみたいだ。六年ぶりに泳いだし、今日はいろいろなことがあったし。

きっと疲労《ひろう》のせいだよね。そんなこと、あるわけないもん。

さっき一瞬、水野くんの体が、透《す》けて見えたなんて。

二〇一八年七月　あなたがいるから、大丈夫

「やっぱり心斎橋《しんさいばし》で買い物は譲《ゆず》れないよー！」

「大阪といえば道頓堀《どうとんぼり》じゃない？」

「俺はたこ焼きが食べられればなんでもいい」

みんな思い思いに行きたいところを言うだけなので、なかなかまとまらない。ノートにまとめようとしていた三上さんが深く嘆息する。

「あんたたち、もっと冷静に話し合いしなよ」

「──ごめーん、舞ちゃん」

たしなめられた美結がバツ悪そうに笑って舌を出す。

一週間後に迫った大阪への修学旅行のために、最近のホームルームや休み時間は、もっぱら自由行動での計画を立てることにあてられていた。

班は男女混合で八人以内なら自由で、私たちは水泳大会の流れから、選手に選ばれたメンバーで班を組んでいた。

大会を通じてみんなと仲よくなれたので、私はこのメンバーで嬉しかった。──水野くんもいるしね。

水泳大会の日の夜、みんなで花火をしている時に水野くんへの想いを自覚してから、彼のことを考えるだけでドキドキが止まらなかった。

初めての恋。初めての好きな人。

水野くんとひとこと交わすだけで胸が高鳴り、水野くんの一挙一動が気になってしまう。

少し前までの無色で味気なかった世界が、嘘のようで。毎日がみずみずしく潤い、色彩《しきさい》豊かになった情景が私の周りには広がっていた。

教室でも、どうしても水野くんのことを目で追ってしまう。

そして、向こうが私の方を向くようなことがあったら、慌てて目をそらす……一日に何度もそんな行動を取ってしまっていた。

水野くんは、私のそんなおかしな様子には気づいていないようで、水泳大会の前とまったく変わらない態度で私に接してくれていた。

——だからたぶん、私の想いはバレていない……と思う。

そして、そんな水野くんと一緒に行ける修学旅行の行先は大阪で、しかも新幹線移動だ。

水泳大会の前は、行きたい気持ちと行きたくない気持ちが半々だったけれど、今では行きたいという思いしかない。

例の事故以来、新幹線にも乗っていないし、大阪にも行っていない。

修学旅行中、なにかの拍子に事故の恐怖に苛《さいな》まれる可能性だってあるだろう。

でも、そんな可能性におびえるより、仲のいいメンバーで大阪を回る楽しみの方が、遥《はる》かに勝《まさ》っていた。

修学旅行が目前に迫ったそんな日。

前の時間の休み時間になんとか自由時間の予定が決まり、久しぶりにのんびりした昼休み。

私はお弁当を食べようと鞄を開けた。——だけど。

「あれ……」

「どうしたの、藍？」

机を向かい合わせにして一緒に食べようとしていた美結が、私の様子に首をかしげる。

「お弁当、家に忘れてきちゃった……」

「え、マジ」

「購買でパン買ってこようかな」

「うんうん。あ、急いで行きなよ！　売り切れちゃう！」

「うん」

そして、私は早足で購買部へと向かった。

行く道すがら、両手いっぱいのパンをかかえてほくほく顔で教室に戻ろうとする男子たちとたくさんすれ違う。

──うう。やばい、なんでもいいから残ってますように。

しかし、たどり着いてみると。

「……うっそ」

残っていたのは、うぐいす豆パンひとつ。まだ昼休みが始まって五分ちょっとなのに。

いくらなんでも早くなくなりすぎじゃない？　そもそも仕入れが少ないんじゃない？

購買部に対してそんな文句が出そうになるけれど、私はとりあえずうぐいす豆パンを買う。

あーあ。こんな小さいパン一個じゃ足りないよ……。放課後、帰り道にコンビニでも行こうかな。

などと、がっかりしながら購買部を出ようとすると──。

「あれ、吉崎さん。今日はパンなの？」

購買部の出口付近の自動販売機の前に水野くんがいた。

ちょうど飲み物を購入していたようで、自動販売機の取り出し口に手を突っ込んで、缶《かん》のお茶を取り出している。

心の準備をしていなかった瞬間の水野くんの登場に、私の胸は一瞬でドキドキと大きく鼓動し始める。

――落ち着いて。いつもどおり、接しなきゃ。

そう思いながら深呼吸をしてから、彼の手もとを見て私は驚愕してしまう。

だって、彼はカレーパンばかりを五個も、大事そうにかかえていたから。

「そんなに食べるの!?」

「いやー。放課後、腹減るからその分も買ってて」

「……そう」

おそるべき男子高校生の食欲。

「吉崎さんは？　え、パン一個？」

「……売り切れてて買えなかった。もう、水野くんがカレーパン買いしめるからだよー！」

「あはは。ごめん。あ、じゃあ一個あげるよ」

かかえたカレーパンのうちのひとつを私に差し出しながら言う水野くん。

「え……？　いいの？」

「うん。吉崎さんがパン一個しか買えなかったの、俺にも責任あるからね」

「――なるほど」

言われてみれば一理あるので、私はありがたく受け取ることにした。

「あ、いくらだっけ？　カレーパン」

「いいってば。あげることにしたって言ったじゃん」

「え、でも……」

「いいからいいから」

水野くんが機嫌よく言うので、それ以上お金のことを言うのは野暮《やぼ》な気がした。

だから私は素直に「ありがとう」と伝え、彼に奢《おご》ってもらうことにした。

そしてふたりで一緒に教室までの帰路につく。――すると。

「――吉崎さん」

すでに昼食を終えて校庭にサッカーをしにいくらしい男子生徒たちが騒《さわ》ぎながら廊下を歩いている横で、水野くんが私の耳もとでささやくように言った。

「え、なに？」

「あのさ、大丈夫？　――大阪と新幹線」

なにげないけれど、心配そうな声音だった。私は途端に嬉しくなってしまう。

――恋をしている彼に気にかけてもらえているということ。これ以上に嬉しいことなんて、そうそうない。

「――うん」

私は水野くんの方を見て、微笑んで頷く。

——きっと大丈夫。あなたがいるから。

「そっか。でもなにか心配なことがあったら俺に言いなよ。たいしたことはできないけど、そばにいてあげることくらいできるからさ」

「——水野くん」

私が不安な時には、そばにいてくれる。

なんて嬉しいことを言ってくれるのだろう。水野くんは優しいから、誰にでもそうなのかもしれないけれど。

彼に心を奪われている私からすると、とんでもなく大きな幸せを感じられる言葉だった。

「いろいろありがとね」

私は恋心を隠すように、なるべく軽い口調で言った。

水野くんのことは好きだけど、まだ付き合うとか恋人同士になるとか、そこまでのことは考えられなかった。

誰かと付き合ったことはおろか、まともに恋をするのも初めてな恋愛経験値の少ない私には、水野くんを好きになったとはいえ、次に進む勇気など出なかった。

片思いのドキドキを感じるのが幸せすぎて楽しくて、べつに当分このままでもいいとすら思っていた。

「いえいえ……あっ、それにしてもさ。購買のカレーパンもまあまあだけど、やっぱり吉崎さん家のカレーパンは絶品だわ〜。そんじょそこらのカレーパンじゃ太刀打ちできないレベルだよね」

「でしょ！　なっちゃんのパンはどれもおいしいんだよ！」

大好きななっちゃんが作るパンを褒められて、私まで嬉しくなってしまった。

「また買いにいきてえなー。あ、今日学校のあと行こうかな？」

「ほんと⁉」

水野くんがまた来てくれる。私の家に。

カレーパン目当てだとはわかっているけれど、学校以外でも彼に会えることに、嬉しさが込みあげてくる。

「じゃあカレーパン取り置きしとこうか？　なっちゃんに連絡すればやってくれるよ」

「マジか！　お願い！」

「うん、いくつ？」

「ふたつ……三つで！」

「購買で四つも買ったのに、まだ三つも食べるの？」

水野くんの、あふれんばかりのカレーパン愛に私は笑いながら言った。

「だって、吉崎さんちのパンは全然別物だから！　さっき言ったでしょ？」

水野くんが楽しそうに言う。

——彼とのおしゃべりは楽しくて。ずっとこのままじゃべっていられればいいのに、と思ったけれど教室に着いてしまった。残念。

そして私は美結のもとへ、水野くんは新田くんと内藤くんがいる窓際の方へと、それぞれ向かった。

席に着くなり、私は急いでなっちゃんにメッセージを送った。

『今日、カレーパン三つ取り置きしといて！』

すると、すぐになっちゃんからこのような返信があった。

『りょうかーい！　水野くんでしょ？　よかったねー！』

——なんで水野くんってわかったんだろう。この前水野くんが来た時にカレーパンを買っていったからかな。

いや……それもあるかもしれないけど、たぶん一番の理由は、私が『取り置きして』なんて言ったからだ。

今までそんなこと、なっちゃんに頼んだことなんてないのに。

私が水野くんを好きなことを、なっちゃんは察しているし。

——水野くんがいる前では、なっちゃんに茶化さないようにしてもらわないと。

「帰ったら釘刺《くぎさ》しとこ……」

「え？　なんて言ったの？」

思わずつぶやいてしまった私に、美結が不思議そうな顔をした。

「な、なんでもないよ」

私は作り笑いを浮かべて、慌ててごまかした。


「水野くんが来ても変なこと言わないでよね、なっちゃん」

「はいはいわかりましたー」

帰宅後、カウンターに立ちパン屋の手伝いをしている私。

なっちゃんは約束どおりカレーパンを三個取り置きしてくれていたけれど、なぜか異常なまでにニヤついている。

今だって商品陳列をしながらも、ときどき私の方を見ては気持ち悪いほどニヤニヤしていた。

——本当に私が今頼んだことわかってるのかな、この人。

「藍、なんかそわそわしてるねー」

「し、してないから。なっちゃんがなにを想像してるかは知らないけど、なにもないからね！」

美結や三上さんといった友達に恋がバレるのはまあいいけれど、身内に知られるのはやっぱり気恥ずかしい。

だけど、なっちゃんは私に疑いの目を向ける。

「ふーん……」

「ほんとだってば！」

私が叫ぶように否定した直後、店舗のドアが鈴を鳴らしながら開いた。

「こんちはー」

人なつっこそうな無邪気な笑顔。少し高めだけど、ハスキーな少年らしい声音。

——来た。水野くんだ。

「あらこんにちはー、水野くん。カレーパン取っておいたわよー」

「ありがとうございます！」

なっちゃんは先ほどまでの気持ち悪い笑みを封印《ふういん》し、いつもお客さんに向けるような親しみやすいスマイルを浮かべていた。

とりあえず、なっちゃんが私をからかうことはなさそうだ。あらかじめ言っておいてよかった。安心する私。

そして、水野くんはカウンターまでやってきた。学校外でふたりで会うのは久しぶりで、少しドキドキしてしまう。

「あ、これ、取り置きしてたカレーパンね」

カウンターの裏からカレーパンを取り出しながら私は言う。すると、水野くんは嬉しそうに笑った
「おおー、うまそー。ありがと、吉崎さん！」

「――うん」

――その笑顔はカレーパンに向けられているものだろうけど。

間近で大好きな人の嬉しそうな微笑みを見ることができて、幸せな気持ちになってしまう。

「いくら？」

「あ、三九〇円だけど……。三百円でいいよ」

差額の九十円は、あとで私のお小遣いから補填《ほてん》することにしよう。

「えっ⁉　なんで？」

「いいからいいから」

私は冗談めいて言った。今日の昼休みに水野くんがカレーパンを奢ってくれた時の口調を真似て。

すると、水野くんも昼休みの件を思い出したのか、くすりと笑った。

「じゃあお言葉に甘えて。ありがと、吉崎さん」

「うん」

そしてお金のやり取りをし、カレーパンを袋に入れて水野くんに差し出す。

「取り置き、ありがとう。じゃあ俺もう行くね」

「――うん」

もう行っちゃうのか。この前みたいにお茶でも飲んで、ゆっくりしていってくれたらいいのに……と思ったけど、そんな誘い文句が私に言えるはずもなく。

それに、このあとはお店が忙しくなる時間帯。

手伝いもせずに水野くんとのんびりしてしまったら、なっちゃんに悪い気がした。

なっちゃんは『べつにいい』と言うだろうけど。

「あ、そうだ」

すると、お店を出ようとしていた水野くんが立ち止まり、振り返った。

もう帰ってしまうんだと思っていたから、私はそれだけで嬉しくなってしまう。

そして水野くんは、無邪気な笑みを私に浮かべながら、こう言った。

「修旅、二日目に班で自由行動の時間があるでしょ？」

「うん」

「ちょっとふたりでどこか行こうよ」

「えっ……？」

さらりと放たれた水野くんの言葉が、信じられないくらい嬉しいことで、私は耳を疑ってしまう。

「班のメンバーでいる時も楽しいんだけどさ。俺、吉崎さんと話してる時が一番落ち着くんだ。なんか、合うっていうか？　だから、ちょっと吉崎さんと大阪でふたりで過ごす時間が欲しくて……って、ごめん。イヤだった？」

途中まで、楽しそうに話していた水野くんだったけど、私がほうけた顔で彼を見ていたので、不安になったらしい。最後は遠慮がちに私にたずねてきた。

私は慌てて首を横に振る。慌てすぎて勢いよく首を動かしてしまったため、少しクラクラしてしまった。

「イ、イヤじゃない！　行きたいですっ！　わ、私も水野くんと一緒に！」

そして思わず叫ぶようにそう言ってしまう。言ったあとに、どれだけ私行きたいんだよ、と気づいて恥ずかしくなった。

でも、水野くんは私の変な勢いを気にした様子もなく、曇《くも》らせていた顔をほころばせた。

「おー、マジで？　よかったー。ちょっと当日どうなるかわからないから、その時行けるところに行こうよ」

「うんっ！」

私は弾《はず》んだ声で返事をする。

――どうしよう。嬉しすぎて、変になってしまいそうだ。

水野くんと大阪で、ふたりきりで、どこかへ。こんな幸せなことが、あってもいいんだろうか。なんだか罰《ばち》が当たりそう。そう感じてしまうくらいの幸運に思えた。

――絶対に大阪に行こう。なにがなんでも。

私は固くそう決意した。

「じゃ、また明日ね」

水野くんが軽く私に手を振りながら言う。

「うん、明日ね！」

いまだに興奮冷めやらない私は元気よく言うと、水野くんは軽く会釈をして、店を出ていった。

すると、売り場にいたなっちゃんがすぐに私の方へ寄ってきた。

「あれー、もう帰っちゃったの？　もっといてもらえばよかったのに」

「いいのいいの。カレーパン買いにきただけなんだから」

「ふーん……つまんないの」

なにを期待してたんだ、このいい大人は。私はなっちゃんをジト目で見る。

「――でも、安心ね」

「え？　なにが？」

「修学旅行。大阪だし、新幹線だから、藍行けるのかな？って心配してたの。怖い思いをするなら行ってほしくないけど、高校生の修学旅行は一生に一度だから、やっぱり行っていい思い出を作ってほしいなって」

なっちゃんは私に切なそうに微笑みながら言った。

「でも、水野くんが一緒なら大丈夫そうね」

——なっちゃんの言うとおり。

水野くんがいるから。私は心から修学旅行に行きたいと思ったし、新幹線だってきっと大丈夫だろうと思えていた。

だって水野くんは、六年もの間ずっと味気なくモノクロだった私の視界を、色とりどりの希望に満ちた世界に変えてくれたのだから。

「——べつに水野くんがいなくても。大丈夫だし」

だけど、やっぱりなっちゃんには恋心を知られたくなくて、私はぶっきらぼうに言いはなつ。

「はいはい」

するとなっちゃんは笑いを堪えたかのような顔をして、仕方ないといった口調で言った。

バレバレみたいだなあ。

でもからかわれるのはイヤだから、まだ自分からは言わないでおこう。

——水野くん。本当に楽しみだよ。あなたと一緒の修学旅行。

二〇一八年七月　よみがえる恐怖

新横浜の駅のホームは、家族連れや出張に向かうビジネスマンらしき人たちで混雑していた。

そんな状況にもかかわらず、修学旅行で新幹線を利用する私たちが、ホームにあふれんばかりに陣《じん》取ってしまい、他の人に少し申し訳なさを覚える。

——ほんの少しだけだけどね。

みんなは周りなんかにかまってはいないようだった。

今から始まる高校生活の一大イベントに胸を躍らせているのか、一分に一度くらいは「うるさいよー！」と先生の注意が飛んできている。

「いよいよだねー、私お菓子いっぱい持ってきちゃった！　みんなで食べよー」

美結が満面の笑みを浮かべて私の眼前で言う。すると美結の隣にいた三上さんが目ざとく反応する。

「え、なんのお菓子？　見せて見せて」

「いいよー」

「あ、私これ好き！　もらってもいい？」

「どうぞどうぞー」

ふたりがキャッキャする横で、坂下さんがその様子を微笑みながら眺めていた。

——ああ。本当に楽しみだなあ。今日は大阪城周辺の観光だっけ。大阪城は初めて行くけど、どんなところなんだろう。

と、私が思っていると。

「間もなく三番線に、新横浜発新大阪行きの列車が到着《とうちゃく》いたします。危ないですから黄色い線まで下がってお待ちください」

急にどくん、と心臓が不気味に鼓動した。そして呼吸が乱れ苦しくなり、膝《ひざ》をつきそうになるけれど、私は必死で堪える。

冷静で聞きとりやすいアナウンスの声。——あの日と同じ声。

一瞬で、あの日にパパとママと一緒に、新大阪の駅で新幹線を待っていた光景が鮮《せん》明《めい》によみがえった。

足がすくむ。脂汗《あぶらあせ》が大量に出てきて、体中が小刻みに震える。全身で、本能で、私は新幹線という存在を拒否している。

目の前ではしゃぐみんなは、私の変化には気づかない。新幹線がホームに到着し、乗車していく。

水野くんが新田くんや内藤くんと楽しそうに談笑しながら、新幹線に乗り込む姿も見えた。

『なにか心配なことがあったら俺に言いなよ。たいしたことはできないけど、そばにいてあげることくらいできるからさ』

彼の頼もしくて嬉しすぎる言葉を思い出した。

しかし、新幹線に乗ることすらできない私に彼を付き合わせるわけにはいかない。彼の修学旅行を台なしにしてしまう。

私はしばしの間その場で立ちつくしていたが、眼前に新幹線があることに耐えられなくなり、踵を返した。

ふらりとホームから去り、トイレにつながる通路へと足を運ぼうとしたけれど、立っているのが限界で、壁に背をつけその場でかがみ込む。それと同時にベルが鳴った。新幹線が発車したのだろう。

ポケットに突っ込んでいたスマホが震えている。今頃私がいないことに気づいたみんなが、連絡してくれているのかもしれない。

行きたかった。みんなで大阪に。新田くんと内藤くんと坂下さんと三上さんと美結と——水野くんと。

だけどこんな状態で行くことなんて、到底できない。今の私が新幹線に乗り込んでしまったらどうなってしまうかわからない。

——壊れてしまうかもしれない。

私は震えるスマホを放置して、ただただその場にしゃがみ込んだ。

「こんなとこにいたの。捜したよ」

いきなり声をかけられ、びくりとする。でも、その声が――。

大好きなあの人の声だったので、私はおそるおそる、顔を上げた。

しゃがみ込む私の頭上では、水野くんが心配そうな顔をして見下ろしていた。

「み……水野くん。どうしてここに？　新幹線、乗ったんじゃなかったの？」

すると、彼はあきれたように小さくため息をついた。

「いやそれはこっちのセリフだよ。一回新幹線に乗ったんだけど、窓の外でホームに残ってる吉崎さんが見えて。俺、慌てて出てきたんだよ」

「なんで……」

「え？　だってなにかあったのかと思ってさ。心配じゃん。つーか、俺はたまたま気づいたから出てきたけど、みんなだって気づいたら来たと思うよ」

「………」

「つーかさー、前に言ったでしょ。なんか心配なことがあったら俺に言ってって。新幹線に乗れないなら言ってくれよ、もう」

怒った表情を、ふざけるように過剰な演技で作る水野くん。

私が彼になにも言わず、ひとりでこんなことをしていることに不満はあるようだけど、「まあ、仕方ないよね」と言う彼の優しさが見え隠れする。

その押しつけがましくない優しさが本当に嬉しくて。涙が出そうになってしまったけれど、目に力を入れて、ギリギリのところで私は堪える。

「――怖くなっちゃったの？　新幹線」

水野くんは私の横で腰を下ろし、視線の高さを私に合わせてから、なだめるように私にたずねた。私は無言でコクリと頷く。

あの白く丸みを帯びた無機質な塊《かたまり》が、異常なまでに怖い。テレビや遠目で新幹線を見ていた分には、まったく思わなかったけれど。

乗車前のアナウンスを聞き、速度を落としてホームに入ってくる新幹線を間近で見てしまった瞬間――。

あの日、急にぐらりと揺れた瞬間の恐怖が復活した。

私からパパとママを、あの時のすべてを奪った新幹線を、直視することができなくなった。

――だけど。

「でも……行きたい」

新幹線は怖い。二度と乗りたくなんてない。目にするのすら、しんどい。

だけど、私はみんなと一緒に大阪で楽しく過ごしたい。モノクロだった世界に、最近やっと色が付いたのだから。

私はそのきっかけをくれたみんなと——水野くんと。修学旅行を心から楽しみたい。

「よし、じゃあ俺と一緒に次の新幹線乗ろう」

「え……？」

「みんなよりは遅れて到着になっちゃうけどね。もしまだ怖いんなら何本か見送ってもいいしさ。行きたいんなら行こうよ」

水野くんはいつもの人なつっこい笑みを私の隣で浮かべて言った。

その微笑みを至近距離《きょり》で見た瞬間、私の中でうごめいていた恐怖が薄まる。

——水野くんと一緒なら。隣にいてくれるのなら。

私、新幹線に乗れるかも。

「——うん」

私が顔をほころばせて頷く。それを見た水野くんは、笑みをさらに濃くした。

水野くんと一緒に、私はホームの自由席の車両が来る位置に立っていた。

先生には『トイレに行っている間に乗り遅れてしまった』と連絡をした。すると、次の新幹線の自由席に乗ってこいと指示された。

とくに私をとがめるようなそぶりはなかった。先生も事情を知っているから、私の心情を察したのかもしれない。

あと、スマホにメッセージを大量に送信してくれていた美結にも、もちろん連絡をした。

美結には正直に自分の状況を伝えることにし、こんなやり取りをした。

『ちょっと怖くなっちゃって、乗れなかった。でも、次の新幹線でちゃんと行くから』

『大丈夫⁉ 私はもちろん修学旅行は藍と一緒がいいけどさ。あんまり無理しないでね！』

『うん、ありがとう。でも大丈夫だよ』

『あー、水野くんもいるみたいだしね♡っていうか、一緒に乗り遅れるってどういうこと⁉ もうふたりはできてるの⁉』

三上さんに私の恋心が見透かされたあと、当然親友の美結にも打ち明けた。まあ美結には『知ってたけど』と言われてしまったけどね。

だけど、こうやってからかわれると、どうやって反応したらいいかわからない。

だから適当なスタンプを返信して、私は美結とのやり取りを勝手に終わらせた。

――水野くんが隣にいてくれるから、最初に感じたほどの大きな恐怖はない。

でも、新幹線が眼前で止まってしまうと、どうしても私の足は動かない。頭では『動け』と命令しているのに、体が反応してくれなかった。

私がそんな調子なので、すでに二本も新大阪行きを見送ってしまっていた。次の新幹線もすでに数分後に迫っているけれど、こんなんじゃ乗れる気がしない。

「――水野くん」

「んー？」

「次は、私が乗れなくても行って。さすがに悪いよ。水野くんの修学旅行を私のために潰せない」

するとと、彼はおおげさに眉をひそめた。

「いやいや、そんなわけにはいかんでしょ。俺がいても乗れない人が、ひとりで乗れるわけないいじゃん。付き合うよ」

「でも……」

「いいから。みんなだって待ってるし。吉崎さんを置いていったりなんてしたら、美結ちゃんに怒られちゃうし」

冗談交じりに彼は言った。

いかにも心配してます、という感じではなく『俺がそうしたいから』『美結に怒られるのがイヤだから』――そんな、押しつけがましくない優しさ。

――なんでこう、この人はいつも私の心にすっと入ってくるのだろう。

「ありがとう……」

「いや、だからいいってば。三上さんも怒りそう。怒ったらやばそう。だから一緒に行きます」

たしかに彼女が怒ったらやばそうだな、と想像してしまい私はくすりと小さく笑った。

「それにさ、自由行動の時間にふたりでどこか行こうって言ったじゃん？　あれ、俺すげー楽しみにしてるからさ。だから吉崎さんを置いていくわけにはいかないんです」

なにげない口調で水野くんは言った。

だけどその言葉は、私を心底嬉しくさせるもので。

「わ……私もすごく楽しみにしてたのっ……！　やっぱり行かないとね！」

声を震わせて私は言った。込みあげてくる嬉しさを抑えるのに必死だった。

私と一緒に、ふたりで大阪の街を歩くことを〝すげー楽しみにしてる〟水野くん。

だけど私は、あなたのきっと何倍も、それを楽しみにしているんだよ。

「そっか。よかったよ。じゃ、がんばって行こ」

水野くんが優しく微笑んだ――その時。

新幹線のエンジン音が聞こえてきた。間もなくホームに到着する。心臓の鼓動が不《ふ》穏《おん》な調子で速くなる。

ああ、やっぱりダメだ。また足がすくむ。

と、絶望した私が早くもあきらめかけた……その時だった。

——え？

震えていた手のひらに、やわらかなぬくもりを感じた。驚いて見てみると。

水野くんが私の手を優しく握ってくれていた。やわらかで優しい微笑みを浮かべ、私を見つめながら。

「これで少しは怖くないかな？」

目を見開いて水野くんを凝視《ぎょうし》していた私だったが、彼のひとことではっとする。

彼の手のひらは、男の子らしく少し節くれだっていたけれど、温かくて優しくて大きくて……おびえる私を包んでくれているようで。

眼前にあれほどおそれていた新幹線がやってきたというのに、水野くんが私を守ってくれているように思えて、今はまったく恐怖心が生まれなかった。

「——うん。そんなに怖くない」

「そっか、よかった」

「本当にありがとう。——水野くんが手を握ってくれたから、怖くないみたい」

私は目の端に涙を溜めながらも、笑顔を作って言う。

しかし言ったあとに、これでは好きだって言っているようなものじゃんか、と少し後悔した。

水野くんは、私を見てやはりおだやかに微笑んでいた。でも、その顔はなぜか少し切なそうに見えて、私は不思議に思った。

そして彼は、こう言った。

「いいっていいって。——だって俺はそのためにここにいるんだし」

「……？」

そのためにここにいる？　どういうことなのだろう。

彼はたまたま新幹線に乗れなかった私を見つけて、その優しさで放っておけないから付き合ってくれているはずだけど。

水野くんの言い分だと、今の状況はそんな偶然のハプニングではなく、なにか必然めいたもののような、なるべくしてなっているとでもいうような……そんな意図がある気がした。

そんなことを考えていると、新幹線の乗車口が開いた。

「あ、開いたよ。——行こう」

そう言う水野くんに頷く。

とくにためらいは生まれなかった。

なぜ、たかが乗り物ごときにあそこまで怖がっていたのだろうとすら思えた。

水野くんが私の手を引きながら、新幹線へ乗り込む。私もつないだ手に従い、乗車した。

――すると。

その手の感触に、妙ななつかしさを覚えた。水野くんと手をつなぎあったのはこれが初めてのはず。

そんな嬉しい出来事が過去にあったとしたら、私が忘れているわけはない。

だけど、この手の力加減。ぬくもり。感触。なぜか久しぶりでなつかしい、と思えた。

「よし！　乗れたね！」

デッキまで進み、自分のことのように喜ぶ水野くん。その瞬間、つないだ手を離されてしまった。

名残惜《なごりお》しい、と思ったけれど、自分から手をつなぎにいく勇気など私にはなかった。

――私はこの手を知っている……？

新大阪に着くまでの間、ずっと水野くんが隣で見守っていてくれた。

事故があった静岡―浜松間に差しかかった時は緊張したけれど、隣にいる水野くんの、のほほんとした様子を見たら、取るに足らないことに思えた。

それに、新幹線への恐怖で自分を見失ってしまわないかという不安よりも、水野くんの手に覚えたなつかしさの方が気になって、頭がいっぱいだった。

気のせいとは到底思えないほどの、深いなつかしさだった。

でも、そのなつかしさの正体が思い出せないまま、私と水野くんは無事に新大阪に到着した。


新大阪に着いてスケジュールを確認したら、みんなは大阪城の見学をしている時間帯だった。

だけど、今から私たちが大阪城へ向かっても、到着する頃にはみんながもう見学を終える時間だった。

大阪城でみんなと合流したところで、すぐにホテルに向かうことになってしまう。かなり中途半端な空き時間だ。

「水野くん、どうしよっか？　大阪城行く？　それとも、ホテルに行ってみんなを待ってようか？」

「うーんと……。たしかホテルの近くにさ、おっきな観覧車あったよね？」

水野くんに問われ、美結たちがそんな話をしていたことを思い出した私。

「うん、そうらしいね」

「じゃあさ、一緒にそこ行こうよ」

「え……!?」

突然の予想外のお誘いに、私は硬直《こうちょく》する。そしてそのお誘いが、自分にとって心底幸せで嬉しいものだということにじわじわと気がついていき、思わず飛びあがってしまいそうになった。

すっごくがんばって堪えたけれど。

「う、うん！　いいね！　行こう！」

なるべく平然として言いたかったのに、声が上ずってしまう。どれだけ嬉しいんだ、私。

「おっ、よかったー。中途半端な時間だし、ホテルの近くならどこか行けるかなあって思ってさ。自由行動は明日だけど、もうふたりで勝手に自由行動しちゃおうよ」

ふたりで勝手に自由行動。

なんて魅力的で、心臓を刺激する、すばらしい響きなのだろう。

そして私たちは、宿泊するホテルの最寄り駅へと向かった。途中で、大阪では有名らしいチーズタルト屋さんの前を通りかかったので、私たちは一個ずつ焼き立てのチーズタルトを購入した。

ホテルの最寄り駅に着いて構内から外に出ると、巨大《きょだい》な観覧車が駅の庁舎のすぐ近くに鎮座していた。

「うわ、思ったよりでけえな」

「こんなに大きい観覧車、私初めてかも！」

「俺も！　楽しみだなあ」

「うん！」

楽しそうに言う水野くんの横で、私ははしゃぐ。

今からあれに水野くんとふたりっきりで乗れると思うと、はしゃがずになんていられない。

そして私たちは、観覧車に乗るために、順番待ちしている列に並んだ。係員さんの話によると、十分ほどで順番が回ってくるらしい。

「そうだ、さっき買ったチーズタルト食べちゃおうよ。観覧車の中は飲食禁止なんだって」

そう言いながら、先ほど購入したチーズタルトが入っている袋を、リュックの中から出す水野くん。

「あ、そうなんだー。いい景色見ながら食べたかったのになあ」

「だよねー。まあ仕方ないか」

そして私もチーズタルトを出して、一口かじる。

口に入れた瞬間、芳醇《ほうじゅん》なチーズの味が口いっぱいに広がる。甘さもちょうどいいし、タルト生地のさくさくとした感触も小気味よい。

「おいしい……！」

感動して、思わずつぶやいてしまう。ほっぺたが落ちそうになる、という感覚を久しぶりに味わった。

これは私が今までに食したチーズタルトの中でも、ベストツーに入る。一位はもちろん、なっちゃんが焼いたチーズタルトだ。

「うわ、なにこれ。マジうまい。買ってよかったわー」

水野くんが、チーズタルトを頬張りながら、その大きな瞳を輝かせて言う。

好きな人と、同じものを食べて、同じ感想を共有できた瞬間。なんて幸せなひと時なんだろう。

たしかにこのチーズタルトは絶品だけれど、ひょっとすると隣に水野くんがいるから、さらに美味に思えるのかもしれない。いや、きっとそうに違いない。

「はーい、前につめてくださーい」

そんなことをぼんやりと考えていると。係員さんの呼ぶ声がした。

「わ、もう順番きそうだね。早く食べなきゃ」

思ったよりも早く観覧車に乗れそうで、まだ半分しかチーズタルトを食べていなかった私は、急いで口に放り込む。

すでに食べ終わっていた水野くんは、流れてくるゴンドラを眺めていた。

「あれ、ゴンドラ二種類あるね。普通のと、透明なやつがある。シースルーゴンドラだって」

「シースルー……？」

やっと完食したチーズタルトの余韻《よいん》にひたっていると、私の中の観覧車像とはかけ離れた単語が聞こえてきたので、思わず聞き返す。

「うん、ゴンドラが全部透明でできてるから、外がすごく見えやすいみたい」

その、噂のシースルーゴンドラとやらが観覧車の回転に合わせてやってきた。水野くんの言うとおり、一部のパーツ以外はすべて透明だ。

わ、今どきの観覧車はこんなのがあるんだ。たしかに景色がよく見えそう。いいかも。

ん？　でも待てよ。これだと、足もとも透明だよね。よく考えたら、めっちゃ怖くない？　この観覧車大きいから、高度もえげつなさそうだし……。

と、私はこのシースルーゴンドラについて、一抹《いちまつ》の不安を覚えたのだけど。

「あれ、吉崎さん」

「え、なに？」

ゴンドラを見ていたら呼ばれたので振り向くと、水野くんが、私の顔を見て小さく噴き出した。

まるで小さな子どもを見守るような、おおらかな笑みにドキッとしてしまう。

え、でもなんで笑われたのー？　と、思っていると。

「チーズタルト、口の端についてる」

おかしそうに微笑みながら、水野くんが私の口の端を触る。突然の、彼の指の感触。

なにがどうなったのか、一瞬理解できなかった。

そして水野くんが指についたチーズタルトを払っている光景を見ているうちに、我に返る私。

――え、あ。えっ……⁉　私タルト口につけてたの⁉　なにそれ恥ずかしい！

そして水野くんが取ってくれたの⁉　私の口もとを触って⁉

――私に優しく、触って。

恥ずかしさやら嬉しさやらドキドキやらで、もう私のキャパはオーバーだった。

どうしたらいいかわからず、水野くんに触られたところを指でなぞりながら、ほうける。

しかし水野くんはなにも気にしていないらしい上に、私の大混乱には気づいていないようで、平然とこうたずねてきた。

「あ、それでゴンドラどうする？　シースルーと普通のやつ、選べるみたい。俺はせっかくだからシースルーがいいな」

もうそんなことはどうでもいい。というか、考えている余裕がない。

「水野くんの好きな方で、いい、です……」

そう言うのが精いっぱいだった。返答できただけでも、正直がんばったと思う。

「お、マジか。じゃあシースルーにしよー」

楽しそうに水野くんがそう言った直後、ちょうど乗る順番がやってきたので、係員さんに誘導《ゆうどう》されながら、私たちはゴンドラに乗り込んだのだった。

——そう、シースルーゴンドラに。


私の気持ちが落ち着いたのは、すでにゴンドラが動き始めて地上から十メートルは上昇《じょうしょう》した頃だった。

しかし、この観覧車の最高到達点は百メートル以上とのことで、まだまだ序の口である。

混乱してて水野くんに言われるがままシースルーの方に乗ってしまった。怖いんじゃないかと不安だったが、意外に今のところ平気だ。

むしろ、彼の言うとおり外の景色が四方八方に見えて、壮観《そうかん》で楽しい。こっちにしてよかったと思う。

「おおー。絶景だー。すげ、あっちに大阪城見える！」

水野くんは、私の隣に腰掛けていた。向かい合わせに座ることもできたはずだけど、私が我に返った時はすでにこのような配置だった。

「わ、ほんとだ」

そんな無難な返事をしながらも、彼との距離が近くてひどく落ち着かない私。心臓の音が彼に聞こえやしないだろうか、と不安になる。

そして、彼のぬくもりを目と鼻の先に感じて、さっき新幹線で手を握られて引っぱられた時の感覚を思い出した。

――なんで、私は水野くんの手の感触をなつかしいと思ったのだろう。

確実に気のせいなはずだけど、あまりにもそのなつかしさが鮮明な気がして。

どうしても『気のせい』で片づけてしまうのは気が引けた。

「おー、一番高い所まできたんじゃね？　すげー、東京まで見えそう！」

「えー、さすがに東京までは……」

ぼんやり考えていた私だったが、水野くんに笑って答えようとしてあらためて外の景色を見たら――。

――え。やばい。高く、ない？

想像以上の高度だった。足もとに見える遥か彼方《かなた》下のうごめく物体は、人だろうか。

透明な箱は、強度には問題はないのだろうけれど、こんな高さで私を閉じ込めるには、あまりに心許なくて、頼りない存在に思えて。

恐怖のあまり目を閉じたら、なにかの拍子に真っ逆さまに地面に落下する光景が浮かんできた。余計怖くなったので、慌てて目を開く。

——足がすくむ。目がかすむ。

「み、水野くん。ご、ごめん……」

もう、誰かに支えられていないと、この空間にいることに耐えられなくなった。私は思わず、水野くんの制服の裾《すそ》をつかんだ。

「え、どうした？　吉崎さん」

「ごめん、こ、怖い……。無理……」

泣きそうになりながら私は言う。ゴンドラの進み具合が恐ろしくゆっくりに感じた。さっきまではするする進んでいた気がしたのに。

「え、マジか。大丈夫……？」

「あまり、大丈夫じゃないので……つ、つかませて、ください……」

声が震えた。水野くんの制服の裾はまるで命綱《いのちづな》のように思えた。離したら落ちて死んでしまう。本気でそう思った。

「……俺の袖つかむより、怖くないようにしてもいい？」

すると水野くんが、願ってもないことを言ってくれた。

これ以上怖くなくする方法⁉　そんな方法が、あるの⁉

「し、して！　お願いします！　早く！」

「——いいよ」

すると、私が感じたのは。

全身を包み込むような、優しくおだやかなぬくもり。恐怖がどんどん溶けていく。

私を抱きしめている水野くんの方へと、怖さがまるで移ってくれているかのようだった。

そう、水野くんが私の恐怖心をなくすために、やってくれたことは。

彼が、私をギュッと抱きしめるということだったのだ。

「み、み、みず、みずの、くん」

「——イヤ？」

たどたどしく言う私の耳もとで水野くんがささやく。私は彼の腕の中で、ふるふると首を横に振る。

「なら、よかった。……まだ、怖い？」

「怖く……ない」

先ほどまで抱いていた恐怖心は、嘘のように消滅《しょうめつ》していた。

その代わり私の中に生まれたのは、安心感と、嬉しさと、ドキドキと、水野くんへの恋心が今まで以上に膨らんでいく感覚と。

さまざまな感情が入り混じって、怖さを感じるヒマなんて、もはやない。

そして私は再び、なつかしさに支配される。先ほど新幹線で、水野くんの手のひらから感じた、温かいなつかしさに。

——前にも。たしかずっと前にも、こんなことがあった。

恐怖におびえる私を、なにかが、誰かが、優しいぬくもりで包んで守ってくれたことが。

いつのことだろう。はっきりとは思い出せない。でも、水野くんが今私に与えてくれている優しさと同じものを、確実に私は感じたことがある。

水野くんとは、深くかかわってから二ヶ月も経っていないのに。——彼が、ずっと昔に私を助けてくれたことなんて、絶対にないはずなのに。

じゃあいったい、このなつかしさはなんなんだろう。——このなつかしさの正体は。

それが知りたくて、私は思わず顔を上げた。水野くんは、なぜか少し辛そうに私を見ていた。そして彼は私の頬に手を添えた。

「吉崎さん、俺……」

かすれた声で水野くんが言う。潤んだ瞳を向けられた私は、じっと彼を見つめ返した。

「俺、本当は……」

言いかけたところで、水野くんは口をつぐんだ。続きが気になった私は、ますます彼の瞳に自分の瞳を重ねる。

──すると。

水野くんの顔が……唇が。私にゆっくりと近づいてきた。なにをしようとしているのだろう、と純粋な疑問がわきあがった直後、あれ、ひょっとしてキス、しようとしてる？　という考えに至る。

──え、まさか。水野くん、私にキスを？　それってもしかすると私のことを……。

体が硬直する。目を見開いて、迫ってくる水野くんの瞳を凝視することしかできない。

え、これマジで私キスされるんじゃない？

しかし、私がそう思った直後。

動いていたゴンドラががたんっと音を立てて急に止まった。

「うひゃあ！」

いきなりのことに、私はすっとんきょうな声をあげて、水野くんから勢いよく離れる。するとゴンドラの扉が開いた。

「はーい。お疲れ様でしたー」

係員さんが扉を開けて、私たちをゴンドラから出るように促す。いつの間にか、観覧車は一周回っていたらしい。

係員さんに私たちの一瞬前までの光景を目撃されたんじゃないかと不安になった。シースルーゴンドラだし。見られていたとしたら、恥ずかしくてたまらない。だけど係員さんはニコニコと営業スマイルを浮かべている。どうやら見られていなかったようだ。

まあ、この観覧車はカップル御用達《ごようたし》らしいので、ひょっとするとあれくらいの光景は係員さんは見慣れていて、いちいち反応しないのかもしれないけれど。それならそれでいいや。

「み、水野くん。降りよっか」

私はきまり悪く微笑んで言う。水野くんも、あのタイミングでゴンドラが止まってしまうことを予想していなかったらしく、ほうけた表情をしていた。

しかし、彼はすぐにいつものように無邪気な笑みを浮かべる。

「なーんだ。もう終わりかよー。意外に早いね」

そして、軽い口調でそう言った。そう、軽い口調で。――何事もなかったかのように。

だから私は、さっきの夢みたいな出来事を、自分だけ引きずることはできなかった。

――『俺、本当は……』

あの言葉の続きも、心底気になったけれど。水野くんの態度を見ていると、蒸し返してはいけない気がした。

「うん、わりとあっという間だったねー」

平然とした表情を作り、なにげなくそう言うと、私は水野くんと一緒にゴンドラから降りた。

「あ、もうホテルに戻んなきゃじゃん」

観覧車乗り場の出口に向かいながら、水野くんは壁に掛けられた時計を見て残念そうに言う。

たしか、あと十分ほどでみんなが大阪城からホテルへ帰ってくる時間になる。ここからホテルは目と鼻の先なので、普通に歩いていっても間に合うだろう。

「うん、そうだね」

「もっと遊びたかったのになー。ま、しょうがないね。行こっか、吉崎さん」

「――うん」

そして、ホテルまでの道で、他愛のない話をしてくる水野くんに上の空で返事をしながら、私は彼に関してのさまざまなことに思いをめぐらせていた。

——さっき、水野くんが私にキスをしようとしたんじゃないか、水野くんは私に好意を抱いているんじゃないかって。

もしそうだとしたら、こんなに嬉しいことはない。だって、私は水野くんのことが好きなのだ。好きな人と想いが通じあえる。つまり、両想い。

恋をしている私にとって、これ以上に幸せなことなんて、皆目見当《かいもく》もつかない。

だけど、私にはそれ以上に気になることが、どうしてもあった。

新幹線の中と、さっきの観覧車の中で、水野くんと触れあった時に感じた、優しいなつかしさについて。

——なんなんだろう。彼のぬくもりをなつかしいと思うはずなんて、ないのに。

ホテルまでの道中、考えても考えても、あのノスタルジックな感覚の正体は、わからなかった。

水野くんと一緒に宿泊先のホテルに着いて中に入ると、私はあれ、と思った。

古いけれど、手入れの行きとどいた清潔感のある内装。ロビーに設置された趣《おもむき》のあるソファとテーブル、調度品の数々。

そして中庭の奥に見える、屋内プール。

——まちがいない、ここは。

「私、ここに来たことある」

「え？」

「――事故の直前にここに泊まった」

大会を終えたあとにテーマパークに行くことになって、ロビーではしゃいで怒られたなあ。

ホテルにいる間は、ほとんどあの屋内プールで泳いで過ごしたっけ。

朝食ブッフェでデザートばかり盛りつけて、ママに注意された覚えもある。

見まがうはずがない。あの時に泊まったホテルだ。私とパパとママとの最後の思い出。

小学五年生の私が当時のホテル名なんて覚えているはずもなかったから、修学旅行のしおりを見ても気づかなかったのだ。

「――そうなんだ」

「うん」

「大丈夫？」

水野くんが心配そうに私を見た。

新幹線の一件もあったし、このホテルがまた事故の恐怖におびえてしまうきっかけになってしまうんじゃないかと、心配しているようだった。

——だけど。

「大丈夫」

私は少し微笑んで言った。

このホテルが私に思い出させたのは事故の恐怖ではなく、両親との思い出。それに伴《ともな》うなつかしさと、パパとママへの愛情と——失ったことによる、悲しさ。でも泣きわめいたり、ふさぎ込んだりしてしまうようなうしろ向きなものではない。

——私はもう前を向いている。

「そっか。それならよかった」

「何度も心配かけてごめん。——ありがとう」

「いや、俺はたいしたことはしてないから」

ひとりでは新幹線に乗れなかった私に付き合ってくれて、こうして細かく心配してくれて。

私にとってはたいしたことなんだよ。——って言っても『そんなことないよ』と否定されそうだから言わないけれど。

「それより、みんなはまだこのホテルに着いてないのかな?」

「時間的には、そろそろここに着く頃だと思うけど……」

水野くんの問いかけに私がそう答えた、その時。

「藍ー！　着いたんだね！　水野くんも！」

ロビーの出入り口の方から、聞き慣れた高い声が聞こえてきたと思ったら、美結が小走りに近寄ってきて、私に抱きついてきた。

「よかったー！　もう、心配したんだからね！」

「あはは……ごめんね」

熱烈《ねつれつ》な美結の歓迎《かんげい》に、私は気圧されて苦笑を浮かべながらも、嬉しくなる。

美結のうしろからは、次々に同級生たちがホテル内に入ってきた。

そしてその中から、新田くん、内藤くん、三上さん、坂下さんが私たちのもとへとやってきた。

「おー、よかったな、ふたりとも無事たどり着いて」

「お疲れ様」

新田くんと内藤くんがそう言うと、「大阪城どうだった？」「あんまり楽しくなかったから来なくて正解」「近くで食べたたこ焼きはうまかった」なんて、男子同士で会話が始まった。

「――藍、ちょっとこっち」

するとそんな彼らから少し引き離されるように、私は美結に引っぱられる。そして、なぜかニヤニヤしている女子三人に囲まれた。

「ちょ、ちょっとなに……？　みんなキモいよ」

「みんなとはぐれてる間に水野くんと進展あったの？」

美結が小声で問いかけると、三上さんと坂下さんも私に向かって身を乗り出してきた。

――坂下さんもご存じなのか。美結か三上さんが言ったのかな。

それとも、私の気持ちは見ればわかるらしいので、坂下さんが自分で気づいたのか。

「進展って……」

「えー、なにもないの？　好きな人の話とかした？」

残念ながら、そういったことに関しての話はしていない。

――新幹線で手を握られて、観覧車の中で抱きしめられて、たぶんキスされそうにはなったけれど。

なーんてことをみんなに言ったら、大変面倒なことになりそうなので、私は黙っておくことを決意した。

「ないよ」

期待を裏切ったらしい私の言葉に、あからさまにがっかりしたような表情をする三人。人の恋路《こいじ》をおもしろがらないでいただきたい。

「なーんだつまんなーい」

「まあ仕方ないよ。水野くん、恋愛に関しては子どもっぽそうだし」

「男友達と騒いでる方が好きそうなタイプだもんね」

本当につまんなそうな顔をする美結に、水野くんに対しての的確な分析《ぶんせき》を述べる三上さんと坂下さん。

「まあ詳しい話は夜だよね、夜！」

「うんうん！」

「え……？　夜って？」

うきうき言う美結に同じ調子で頷く三上さんに、私は言葉の意味がわからず眉をひそめた。

「もう、藍ったらー。修学旅行の夜と言ったら、恋バナで夜更《よふ》かしするに決まってるじゃん！」

「常識だよ、吉崎さん」

「なるほど……たしかに」

なにが決まってるのか、どの辺が常識なのかはよくわからないが、坂下さんが得心のいったような顔をする。

「ふーん……そういうものなんだね」

まあ私は、今日はほとんど修学旅行に参加できなかったので、みんなが一緒に楽しく夜更かししてくれるならありがたいけれど。

「じゃあ、みんなの話も聞いちゃうからね」

なんだか私ばっかり標的になるのは悔しいので、私は企《たくら》むように笑って言った。

するとみんなは一瞬はっとしたような顔をしたが、すぐに不自然な素知らぬ顔をした。

「舞ちゃん、そういえばそろそろ夕食じゃなかった？」

「あ、そうだねー。二階のレストランだっけ？　坂下さん」

「うんうん、行こう」

みんながすたすたと歩きだす。

「ちょ、ちょっと待ってよー！」

私は慌ててあとを追いかける。みんな自分の話はしたくないからって、スルーしちゃって。

すると、少し前方に水野くんたちも歩いていることに私は気づいた。男子たちも夕食に行くのかな、と思っていると。

水野くんが背負っているリュックから、ぽろりとなにかが落ちたのが見えた。

リュックのチャックにつけていた、赤いお守りだった。

私はしゃがみ込み、お守りを拾う。だけど、お守りのひもがゆるんでいたので、拾った瞬間中身が飛び出てしまった。

——なんだろう。なにか青いものが出てきたな。

私は飛び出した中身を拾う。

そしてそれを見た瞬間、息をのんだ。

それは切れてしまっているが、青いひもで編まれていた。そして、一センチ大の青と藍色が入り交じったガラス玉がひもには通されている。

——見まがうはずがない。ママと一緒に一生懸命作った世界でひとつだけのものだし、先日写真で見たばかりだし。

水野くんが落としたお守り袋の中に入っていたのは、私が六年前ここ大阪で手作りし、事故の直前に落としてしまったミサンガだった。

——どうして？　どうして水野くんが、これを持っているの……？

私はミサンガを手に取り、その場に立ちつくしてしまう。拾う前はすぐに水野くんに返そうと思っていたのに、驚きのあまりできなかった。

「藍ー？　どうしたのー？　行くよー」

すると、立ち止まっている私に気づいたらしい美結が、かなり前方で私を呼んだ。

「あ、ご、ごめん！」

私はとりあえずお守り袋にミサンガを入れ、ポケットに突っ込んで急いで美結のあとを追いかけた。

夕食はブッフェ形式。

ブッフェ台の上には、和・洋・中の、前菜からメイン、デザートに至るまで、色とりどりの宝石のような料理が所せましと並んでいた。

食べ盛りの私たちにとっては夢のような光景だった。

「さ、とりあえずスイーツスイーツ！」

ご飯には目もくれず、美結が真っ先にデザート台の方へと向かう。デザート台の周りには、女子たちが目を輝かせて群がっていた。

対照的に、ボリュームのある肉や魚料理が並んだコーナーには男子たちが列をなしている。

甘いもの以外も食べたかった私は、とりあえず前菜のコーナーに並んだ。

すると、少し離れたところに水野くんを見つけた。水野くんはお皿をのせるトレイすら持たず、周りをキョロキョロ見回していた。

きっと彼は、さっき落とした例のものを捜している。今は私がポケットに忍ばせている、切れたとんぼ玉のミサンガを。

——六年前は、私のものだったものを。

だけど、なぜ彼はこれをお守り袋なんかに入れて、後生大事に持っていたのだろう。彼は、これが私の落としたものだと、知っているのだろうか？

素知らぬ顔をして、返すべきなのだろうか。

だけど、彼がこれを持っていた理由が気になりすぎて、平然とした顔をして接することができる気がしない。

水野くんがそわそわした様子で足もとを探索《たんさく》しながら、私の方へと近づいてきてしまった。会話をしないと不自然な距離にまで。

「水野くん、どうしたの？」

すると、下を向いていた水野くんは顔を上げた。彼は一瞬はっとしたような表情をした。――そして。

「――なんでもないよ」

水野くんはいつものように人なつっこい笑みを浮かべたが、その笑顔はどこか引きつっていた。

「そうなの？　ご飯も食べないでうろうろしてるから、なにかと思って」

「あー……気にしないで。本当になんでもないからさ。よっしゃ、メシ取りにいくわ」

すると水野くんは、男子がいまだに集まっているお肉のコーナーへと向かってしまった。

――水野くんは、あのミサンガがもともと私のものだということを、おそらく知っている。

今の彼のそぶりから、私は思った。

でもなぜ？　どうして持っているの？　六年前のものなのに。ここ、大阪でなくしたはずのものなのに。

――水野くんにはなにか、私が想像もできないような、大きな秘密があるのではないだろうか。

彼の不可解な行動に、私はそんな気すらしてきたのだった。

夜も更け、ホテルの部屋での入浴後、私はベッドに寝そべり、ぼんやりと水野くんのことを考えていた。

水野くんは最初から私にとって不思議なことの多い存在だった。

あんなにカッコよくて明るくて、クラスで目立つ存在なのにもかかわらず、私は水泳大会で一緒の係になるまで彼の存在をまったく知らなかった。

そういえば、あれだけカッコいい男子なら、美結を初めとする女子たちが話題にしていなければおかしいはず。

だけど、二年二組になって私が水泳大会の係になるまでの二ヶ月間、美結が私に水野くんのことを話すことも、他の女子が彼に黄色い声をあげる場面を見ることも、いっさいなかった。

それなのに——私が事故の七回忌を休んだ次の日から途端に、クラスの女子たちが水野くんの噂をする場面を頻繁に目にするようになった。

そして私が係を押しつけられた途端、水野くんは係に立候補したり、交友が始まってすぐに私の内面を見抜いたり。

さらに、私が過去に水泳が得意だったことを知っていたようなそぶりもあった。

新幹線に乗れなかった私を偶然見つけて、彼も新幹線から降りてくれたけれど——本当に偶然だったんだろうか？

そしてなぜ、私がなくしたとんぼ玉のミサンガを持っているのだろうか？

——いったい彼は何者なんだろう。

なんだか、他のクラスメイトとは違うような……。

どこか浮世《うきよ》離れしているとすら、思えてきた。

「よーしじゃあ誰から恋バナする？　やっぱり恋の多そうな美結ちゃん？」

「えー舞ちゃん、そりゃないよー。公平にじゃんけんにしようよ」

私がそんなふうに物思いにふけっていると、みんなも入浴を終えたらしく、とうとう修学旅行の恒例の行事らしい恋バナが始まろうとしていた。

「ほら、藍も早くこっち来てよー！　じゃんけん！」

「……うん」

たいした話もできないし、あんまり気が進まなかったから、張りきってじゃんけんをしようとしている美結や三上さんをぼーっと眺めていたのだけど、美結にそう言われてしまってはスルーするわけにはいかない。

坂下さんもちょっと楽しそうに笑って美結や三上さんと一緒に立っていた。みんな乗り気だなあ。

そして寝っ転がっていた私が起きて、三人に近寄るとみんなじゃんけんのかまえをした。

「じゃんけーん……ぽんっ！」

「げ。負けたー！」

じゃんけん一回目では、三上さんのひとり負け。あらら〜と美結が楽しそうに笑う。

そしてそのあとの順番もじゃんけんで決めた結果、次は坂下さん、私、美結の順番になった。

トップバッターになってしまった三上さんは苦笑を浮かべる。

「まさか私からになるとはねー。じゃんけん結構強いんだけどなあ」

「はいはい！　いいからもう始めちゃって！」

「なによー。もう、わかったよー」

期待に満ちた目をして言う美結に急かされ、三上さんは仕方ないなあというような顔をすると、一度咳ばらいをしてから、こう言った。

「私はとくに好きな人とかいないよ」

あっけらかんと期待外れなことを言いのけたので、美結がおおげさに口を尖らせた。

「なにそれー！　舞ちゃんずっるーい！」

「え、だって本当にいないんだもん。高校生の男子なんて私には子どもっぽくて。私の好みはもっと大人なの」

「へー、じゃあ先生とか先輩とかを好きになったことは？」

いい質問をする坂下さんに、三上さんはしばし黙ったあと、少し照れたような顔でこう言った。

「——中学生の時に、担任の二十代の先生に告白したけど。適当にあしらわれちゃった」

「おおー！　やるねー、舞ちゃん！　でも適当にあしらうってひどくない？」

「まあ、先生から見たらひと回りも下の中学生なんて子どもにしか見えないよね……って、もういいでしょ、昔のことなんだから。はい次！　坂下さん！」

もう終わりなのか、三上さんずるいなあと思いつつ、坂下さんの話が気になり、私は坂下さんをじっと見る。

坂下さんは「えーと……」としばらくまごついたあと、意を決したような顔をしてこう言った。

「私、内藤くんが好きかも」

「ええ⁉　マジでー！」

「いつから⁉」

坂下さんのカミングアウトに盛りあがる美結と三上さん。

内藤くんといえば授業中寝てたり、私が持ってきたお菓子をプールサイドで食べだしたりと、顔は整っているけれど自由人なイメージ。

吹奏楽部でマジメそうな坂下さんとは真逆の印象だ。

「うーん、いつからだろう。いつの間にか、って感じかな？」

「内藤くんのどんなところがいいの？」

気になって私がたずねると、坂下さんは少し顔を赤らめて、でも嬉しそうにこう言った。

「あのね、私んち親が公務員で堅物《かたぶつ》だから、私もその血筋を受けついじゃってて……。だから、授業中に大胆《だいたん》に寝ちゃったり音楽を聴いちゃったりする内藤くんに、最初はこの人なに考えてるんだろ、ありえないって思ってたんだけどさ」

「うんうん、それで？」

目を輝かせて話の続きを促す美結。

「だんだんその様子が自由で、マイペースでいいなって思えてきて……。それに私、大会前にケガしたでしょ？　その時すごく優しかったの」

「そういえば、ケガした直後、内藤くんが坂下さんに肩貸して支えてあげてたよね」

三上さんの言葉に坂下さんが頷く。

「うん……。そういうこともあって、好きになっちゃったみたい」

恥じらいながら言う坂下さんはやけにかわいらしく見えた。この姿を見せれば、内藤くんも坂下さんにほれてしまうんじゃないだろうか。

「いやー、恋する乙女はいいですなあー」

「恋する乙女と言えば……吉崎さんだね！」

「……え」

急に話を振られて、私はとまどう。

だけどもう、私が水野くんを好きということはみんなが知っているとおりなので。

「べつに、みんなが知ってること以上のことはなにもないよ」

私は投げやりに言う。すると美結と三上さんが私に近づいてきて、まるで問いつめるようにこう言った。

「えー、今日ふたりで大阪に来るまで本当になにもなかったの⁉」

「だからさっき言ったじゃん。ないってば」

「ふーん……でもさあ。水野くんも吉崎さんのこと好きそうだよね」

三上さんがニヤつきながら、予想外のことを言ってきた。

「あー、それ私も思った。水野くん、吉崎さんのことはすごく気にかけてるよねー」

「うんうん。だからてっきりもっと進展しているかと思ったのにさあ」

坂下さんと美結までそんなことを言う。

「えー、そう……なの？」

みんなから水野くんがそう見えていたことに驚き、私はきょとんとしてしまう。

今日の水野くんの態度は、もしかして私に好意的な感情を抱いているんじゃないかと思えるものだった。

でも少し前まで水野くんは誰にでも優しくするタイプに思えたから、私が一方的に恋をしているんだと思っていた。

みんなも、水野くんはそういう人だと認識していると思っていたので、周囲からも彼が私のことを気にかけているように見えていたのが驚きだったのだ。

——もしかして、本当に水野くんは私のことを？

「そうだよ！　だからあとひと押しだよ！」

「修学旅行中にカップル誕生目指して！」

「え……う、うん」

みんなの勢いにちょっとついていけず、私はなんとなく返事をしてしまう。

水野くんが私を好きかもしれない。もちろんそれが本当だったら、嬉しいことこの上ない。――だけど。

そんなことよりも、水野くんに関することが不思議なことばかりで。

「――ねえ、みんな」

「ん？　どうしたの、藍」

「水野くんって一年生の時に何組だったか知ってる人、いる？」

「え、何組だろ？　私は同じクラスじゃなかったけど」

「私も知らないな」

「私もー」

「……………」

私たちの学年は八クラスある。私、美結、三上さん、坂下さんは一年生の時は全員違うクラスだった。

そして、全員が水野くんと同じクラスではなかった。その上、何組だったかも知らない。

べつに、ありえないことではないだろう。一学年で二百五十人以上いるのだ。知らない人間がいても、なんらおかしいことではない。

だけど、それがカッコよくて、クラスの中心にいるような人物だと話が違ってくる。たとえクラスが違っていても、目立つ人間というのは知らず知らずのうちに認知されるもの。

新田くんとは一年生の頃違うクラスだったけれど、目立っていたから他人に関心のない私ですら知っていた。

——それなのに、なぜ新田くんと同じくらい目立ちそうな水野くんの一年生の頃のことをみんな知らないのだろう。

仮に、二年生から入ってきた転入生だったとしたら、四月の始業式の日に先生から紹介があるはず。

でもそんなことはなかったから、水野くんは一年生の時からこの学校にいなければおかしいのだ。

「じゃあ出身中学は？　どこか知ってる？」

「んー……そういえば知らないな」

美結が答えると、三上さんと坂下さんも頷いていた。

「じゃあ家はどこにあるんだろう？　知ってる人、いる？」

私がそうたずねると、なぜか三人は顔を見合わせた。——そして。

「あははは！　なにー、藍！　水野くんのプライベートが気になるなら、自分で本人に聞いてよー！」

「え……」

「そうだよ～！　聞けば教えてくれるってば！」

「やっぱり水野くんのこと気になるんだね～」

みんなからかうように言った。どうやら、私が好きな人のことをただ単に詮索《せんさく》しているのだと思ったらしい。

みんなは気にしていないようだけれど、やっぱりいろいろ変だ。

水野くんは、一年生の頃はこの学校に存在していなかった……？

いや、そもそも。

私が初めて彼のことを知った七回忌の次の日より以前に。

彼は本当にこのクラスにいたのだろうか——？

気になって気になって仕方がない。彼がいったい何者なのか。なぜ私のものだったミサンガを持っているのか。

——だけどなんとなく、私から聞くのはいけないことのような気がして。

だって、彼がなにも言ってこないから。

ミサンガを落としたことを私に知られたくない理由はわからない。

でも『知られたくない』ということは、ミサンガが私のものだと彼が知っているということになるんじゃないだろうか。

そのあと、美結の恋バナ――好きな人はいない、でもいろんな人から告られる、という話でみんなは盛りあがっていたが、私は上の空で聞き流していた。

そして、そのうち話しつかれたのか、三人は寝てしまった。

私も布団に潜り込むと、しばらくの間水野くんとミサンガのことを考えていたが、今日一日いろいろあって疲労が溜まっていたのか、そのうち眠ってしまった。

二〇一八年七月　あの時

――痛い。

気がついた瞬間感じたのは、右の膝下に感じる激痛だった。

その痛みから逃れようと動かそうとしたが、なにか重いものに挟まれていたようで、微動《びどう》だにしない。

鼻腔をかすめたのは、湿《しめ》った土の匂いと新緑のすがすがしい香《かお》り。

仰向けに倒れている私の視界には、青々と葉が生い茂った樹木たちと、その隙間から見える青空しか映らなかった。

直前の出来事を、いまだ霞《かすみ》がかった意識で思い出す。

新幹線が揺れたかと思ったら、ジェットコースターのような勢いで、高架橋の下へ車両ごと落ちていった。

窓側にいた私は、落下している途中で窓を突き破って車外に投げ出されたような気がする。

自由に動く腕を眼前に持っていくと、細かい切り傷がたくさんあった。

――パパとママはどこへ行ったのだろう。捜さなきゃ。きっとどこかにいるはずだ。だけど、捜そうにも挟まれた足が動かない。

上半身を少し起こして足もとを見てみると、金属製のなにかの残骸《ざんがい》のようなものが、私の下半身に覆《おお》いかぶさっていた。――新幹線の車体の一部に見えた。

次第に足の痛みが消えてきた。——感覚がない。

そういえば、どこかで聞いたことがある。長時間圧迫された手足は、切断することもあるって。

そのことに気づいた瞬間、私は青ざめる。

このままじゃ私の足がなくなっちゃう。

なくなったら、歩くことも、パパとママと散歩することも——バタフライを泳ぐこともできなくなってしまう。

——助けて。助けて。誰か……。

「た……すけてえ！」

私は思わず叫んだ。でも、周囲からは風に泳ぐ木々のざわめきと、野鳥が時折さえずる声しか聞こえてこない。

誰もいないの……？　パパ……ママ……。

すると、ガタン！　と激しい音がしたあと、急に下半身に開放感がおそってきた。

え……？

状況がつかめず、私は身を起こそうとする。——すると。

「大丈夫？」

そんな私の手を、誰かが握って引っぱり、起こすのを手伝ってくれた。突然のことに驚きながらも、私はその誰かの顔を見る。

男の子だった。同い年くらいの。整っているが、人なつっこそうな、無邪気な顔立ち。

——あれ。あなたは。私は……あなたを……。

知っている。


そこで目が覚めて、私は飛び起きる。寝ていたはずなのに、興奮してしまっていたようで息が荒い。汗もびっしょりかいていた。

周りを見渡すと、隣のベッドでは美結が心地よさそうな寝息を立てていた。——そうだ。今は修学旅行中。

私は六年前の、事故の直後の夢を見ていたのだ。

夢は、忘れていた記憶だった。今までの私は、新幹線が脱線してから、病院のベッドで目が覚めるまでの間の記憶が抜けていた。

その抜けていた記憶を、私ははっきり思い出したのだ。

——そうだ。私は新幹線の車内から投げ出されたあと、あの男の子に助けられたのだ。——あの男の子。

見まがうはずがない。六年前だから、今より幼いけれど。あの男の子は……まちがいなく彼だ。私が現在、恋をしてやまない彼——水野蒼太くんだ。

ずっと不明だった、なつかしく優しいぬくもりの正体は——あの時の手のひらの感触だったんだ。

でも、彼はなぜあそこにいたのだろう。あんな高架橋のすぐ下に、人の往来があるとは思えない。

考えられるのは、彼も私と同じ新幹線に乗っていたということ。

彼も私と同じように、事故の時に車内から投げ出されてあの場所にいたということ。状況的に、ほぼそれしかありえない。

——だけど。あの事故の生存者は私ひとり。たったひとりしかいないのだ。じゃあ、彼は……。

私は震える手で枕もとに置いていたスマホを手に取り、おそるおそるウェブ検索をする。絶望的な予想を確かめるために。

『新幹線　脱線事故　被害者　名簿《めいぼ》』

すぐに検索結果が出てきて、私はスマホをタップして一覧を見始める。七百名の人名の羅列《られつ》。それを順にたどっていく。

——お願い。違いますように。

でも、私は見つけてしまう。

『水野直樹《なおき》（三十七）

水野京子《きょうこ》（三十六）

水野蒼太（十一）』

六年前の新幹線脱線事故の被害者名簿に、たしかにその名前があった。

――水野蒼太（十一）。

私はいてても立ってもいられなくなり、飛び起きた。

そして、さっき水野くんが落とした、切れたミサンガの入ったお守り袋を手に取り、急いで部屋を出る。

そして一目散で向かったのは、男子が宿泊している部屋の前。

みんなが寝静まっているはずの時間に女子が男子部屋に行くなんてとんでもないことだけど、とにかく私は一刻も早く水野くんに会いたかった。

――彼の存在を確かめたかった。

部屋の扉の前には、部屋割りで決められた名前が書かれた紙が貼《は》ってある。

しかし、水野くんがいるはずの部屋の扉に貼られている紙には、彼の名前がなかった。

念のため、クラスメイトの男子全員の部屋の扉を私は確認する。

だけどやっぱり『水野蒼太』という名前がない。たしかに彼はこの旅行に来ているはずなのに。一緒に新幹線に乗ったはずなのに。

——水野くん。どこ？　どこにいるの？

彼が消えてしまっているような気がして。

今日一緒に新幹線に乗って、手を握って励ましてくれていた彼が、すでに消滅してしまっているような気がして。

違うよね。——偶然だよね。たまたま同姓同名《どうせいどうめい》の人が、被害者にいただけだよね。印刷ミスで扉の紙に名前がないだけだよね。

だって、現実的に考えて、そんなことあるわけない。六年前の事故の犠牲者が、今ここに存在するなんて。

——だけど、もしそうだとしたら。

彼にまつわるさまざまな不思議なことの中で、説明がついてしまうものがいくつもある。

とにかく私は深夜のホテルの廊下を走りまわった。

——彼の姿を捜して。

ホテル内を息を切らして走りまわる私。

時折、廊下を歩く従業員や他のお客さんにぎょっとした顔で見られたけれど、そんなことにかまっているヒマはない。

　そして私は『あっ』と思いつく。

　なんとなく、このホテル内の屋内プールに彼がいるような気がした。

　プールは、水野くんと親しくなれたきっかけでもあり……六年前の事故にも間接的に関係しているから。

　私は全力疾走《しっそう》をして、屋内プールの入り口にたどり着く。扉に手をかけたけれど、開館時間はとうに終わっていたので、当然施錠《せじょう》されていた。

　しかしガチャ、と扉の奥から鍵の開くような音がしたので、私は再度扉を押してみた。

　するとあっさりと開く扉。私はゆっくりとおそるおそる中に入る。――すると。

　制服姿の水野くんはプールの縁に座り、素足を水の中に入れて、ぶらつかせていた。

　その全身は、少し白みがかっていて――透きとおっているように見えた。

　そんな彼の状態を見た瞬間、私は直感した。

　ああ。やっぱり。やっぱり彼は……。

　もうこの世の人じゃないんだ。きっと六年前から。

「初めて君と会ったのはここのプールだったんだ。たぶん君は知らないだろうけど」

　水野くんは、私の姿を認めると、微笑んだ。優しく――どこか切なげに。

私はゆっくりと彼に近づいて、傍らに立つ。

近くで見ると、彼の透明感《とうめいかん》がはっきりとわかった。透けた彼の全身は、彼の背後の景色すら透過していた。

「六年前、俺も一家でここに泊まっていてね。このプールにも泳ぎにきた。そこで見たのが……楽しそうに、しなやかにバタフライでプールの中を自由に泳ぎまわる君だった。その姿があまりにも優雅《ゆうが》で、美しくて——人魚みたいだって思った」

水野くんは私の顔をじっと見て、笑みを濃くした。

「俺は君に、生まれて初めての恋をした。——だけどそれは人生最後の恋でもあった」

生まれて初めての——そして人生最後の、恋。

私はなにも言うことができず、彼を見つめ返した。唇を固く引きむすんで。

「恋をしたって言ってもさ。小学生の男子なんてなにをしたらいいかわからない。話しかけることもできずに、ホテルで見かける君をドキドキしながら眺めるだけだった。大阪を離れる日まで、俺はなにもできなかった」

私は六年前の彼の存在をまったく覚えていない。そんなふうに、彼が私を見つめていたことも、全然知らなかった。

「帰り道でもたまたま君と一緒になった。新大阪の駅で君を見かけた時、君がなにかを落としたのを見た。――君が今持っているミサンガを」

私は手に持っていたお守り袋の中から、ミサンガを取り出す。よく見ると、ミサンガは薄汚れていて……ひもの端に血痕《けっこん》のようなシミもあった。

「返すために話しかけようと思ったんだけど、やっぱりできなかった。でも、新幹線でも俺はたまたま君のうしろの座席で。よし、新幹線に乗っている間に話しかけて返そう。――そして友達になってください、って勇気を出して言おうと決めた。だけど、やっぱりなかなかできない。そうやっているうちに……」

「――あの事故が起こったんだね」

私がそう言うと、水野くんはゆっくりと頷いた。

「俺は君と同じように、たまたまやわらかい草むらの上に放り投げられて、事故直後は生きていた。それで、新幹線の車両の破片に下敷《したじ》きになっている君をなんとか救出した。――だけど、俺は手首にひどいケガを負っていた。俺と君は高架橋から落ちた新幹線から離れた場所にいたから、救助が来るのも遅かった。……俺は間にあわなかった」

そして水野くんは、はっきりと私にこう告げた。

「俺は六年前のあの時、出血多量で死んだんだ」

――出血多量で。

このミサンガに付いているのは、その際の血なのだろうか。

水野くんのご両親らしき人の名前も被害者名簿にあった。

「じゃあ、水野くんが家族を亡くしたっていう噂は……」

「家族どころじゃなく、俺も死んでるんだけどね。浩輝に家のことを聞かれた時に『俺んちひとりだから』って適当に説明したのを、誰かに聞かれてたんだと思う。それで、そういうふうに解釈されたんだね」

水野くんと私は一緒なんだと思っていた。——だけど全然違っていた。

「死ぬ直前に、俺は腕につけていた君のミサンガに願ったんだ。この女の子が助かりますように。これからも笑って生きられますようにって。事故の衝撃で切れそうになっていたミサンガは、俺が死ぬ直前に切れた……ような気がする。よく覚えてない。でも、切れてるね」

「——うん」

「俺の魂《たましい》はずっとあの事故現場にあった。毎年、あの日に来る君を俺はずっと見ていた。君はいつも淡々としていた。両親の弔《とむら》いにきているんだから、元気がないのは当たり前だろうとは思ったけど……事故前の君の姿とはまったく違っていて、俺は心配だった。君の目にはずっと光がなかったから」

「…………」

「ミサンガは切れたら願いが叶《かな》うって話なのにさ。なんだよ、俺の願い全然叶ってねーじゃん、って毎年君の姿を見て俺は思っていた」

私は持っているミサンガをじっと眺める。――彼はそんな願いをこれにかけてくれていたのか。

「そして今年の慰霊の日。君の姿は事故現場になかった。俺は慌てたね。どうしたんだろう、ここに来れないようななにかがあったのかって。――元気なあの子の姿をもう一度見たい。あの子を元気にしてくれ。俺は再びミサンガにそう願った。切れたミサンガは、俺の遺品だと思われたらしくて俺の墓標に埋《う》められていたからね。――そしたら、奇跡が起こったんだ」

水野くんは屋内プールの天窓を見上げた。私も釣られて見る。今夜は晴天のようで、星が瞬いているのが見えた。

「気づいたら俺は十七歳に成長していて、君のクラスメイトという存在になっていた。お金も少しポケットに入っていたし、教科書やノートみたいな、学校にいても不自由しないくらいのものもロッカーに入っていた。――クラスのみんなにも、先生にも、それっぽい記憶が勝手に植えつけられていたよ。――君にはそんな記憶は生まれなかったみたいだったけどね」

「――うん」

七回忌に風邪をひいて行けなくなってしまった次の日、学校で初めて水野くんという存在を知った。

クラスメイトにあまり興味のない私のことだから、水野くんのことも今まで覚えていなかったんだろうなと思って、その時は深く考えていなかったけれど。

——こんなにカッコよくて、クラスの中心にいるような水野くんを、まったく認知していなかったなんて、やっぱり不自然だ。

だけど、彼はそれまでクラスに存在していなかったのだから、私が知らないのは当然のこと。

七回忌の次の日、私は初めて彼に出会ったのだから。

——いや、正確には六年ぶりの再会だ。

そして、私以外のみんなには『もし十七歳の水野くんが以前からこのクラスにいたら……』という記憶が、ミサンガの力で植えつけられた。

水野くんが自然にクラスに溶け込めるように。——彼の願いを叶えやすい環境にするために。

「六年越しの俺の願いを、このミサンガが叶えてくれようとしているんだってわかった。だから俺は、君がくじ引きで押しつけられた水泳係に立候補して、君に近づいた。

——その時の君はやっぱり昔と違っていて、無気力だった。でも……」

「今はそうじゃない。水野くんのおかげで」

私ははっきりと言った。水野くんが少し嬉しそうな顔をした気がした。

「――そう言ってくれると、俺がここに来たかいもあったなあって思えるよ。君は水泳大会の係を通じて、大会当日に急きょ泳いだこともきっかけで……どんどん目が輝きだしたね」

「うん……」

私は頷きながら、涙ぐみそうになる。

水野くんがここにいる理由。それは事故でふさぎ込み、うしろしか見ることができなくなってしまった私に前を向かせるため。

だけど、今の私はもう前を向いて歩きだしている。彼の願いは叶っている。

「水野くんは……もう、消えてしまうの？」

おそるおそる涙声でたずねる。すると天井を仰いでいた彼は、私の方を向いて、さみしげに微笑んだ。

「俺さあ、六年前、死ぬ直前にミサンガにもうひとつお願いしちゃったんだ。君に元気になってほしいってことが第一だったんだけど、もうひとつはね」

「――うん」

「もし、奇跡が起きて俺が生き残れたら。生きて、この子ともう一度会うことができたら。仲よくなれますように。――両想いになれますように……って」

私は耐えられなくなり、涙をこぼし始める。

だって、彼のその願いは叶ってしまっている。

彼はそれに気づきつつあるのだろう。すべての願いが叶いつつあることを。たぶん、新幹線で私と手を握りあった時に。

――彼は願いを叶えるためにここにいる。もし願いがすべて叶ってしまったら……。

「小学五年生の君に、小学五年生の俺は恋をした。そして高校二年生の君にも、高校二年生の俺はすぐに恋心を抱いた。――子どもの俺の目は正しかった。どうやっても、俺は君に恋をするようになっていたんだと思う」

水泳大会の練習の時の、水野くんの言葉を私は思い出した。

――『やっぱり……俺はこうなることになってたんだな』

その時はわけがわからず、とくに深く気にもとめず、流してしまった。

その深い意味を、こんなタイミングで理解するなんて。

「吉崎さん。――好きだよ。六年前のあの時から、ずっと」

彼の優しい声。私は嗚咽《おえつ》をあげながら、とめどなくあふれる涙をぬぐう。

――私だって。あなたが好き。

いつも無邪気に微笑むあなたが。

命を捨てて私を助けてくれたあなたが。

ずっと私の知らないところで、私を見守ってくれていたあなたが。

——だけど。

「言え、ないよ……。だって……私、が気持ちを、言ったら……」

——あなたはきっとその瞬間に消えてしまう。すべての願いが叶うことになるから。

私は泣きながら途切れ途切れに言う。しかし、水野くんは首を振った。

「俺は、本当はここにいちゃいけないんだ。ミサンガの神様の気まぐれで、少しの間生き返って、ここにいるだけ。——どうせいつかは消えてしまう運命なんだよ。いつかじゃない、たぶんもうすぐ。もう体もこんなに透明になってしまっている」

「そん……な……」

「だから最後に聞かせて。——君の気持ちを」

涙でにじんだ目に映った水野くんは、いつものように優しく無邪気に微笑んでいた。

——瞳には切なそうな光が浮かんでいたけれど。

水野くんはいなくなってしまう。パパとママもあの事故で失ったのに。水野くんもあの事故のせいで死んでしまった。

こんな想いをするなら、出会わなければよかった——いや。

そんなことは絶対にない。水野くんは教えてくれた。

愛してくれた両親がいたから、今の私がここにあるということ。過ごした大切な思い出は、決してなくならないということ。

――そう。水野くんが私に与えてくれたものは決してなくならない。そして彼はずっと生き続ける。私の心の中で。

水野くんは十一歳で亡くなっている。本来なら、この出会いすらなかったはずなのだ。

この出会いがなければ、私はきっと今も、失うことにおびえて無気力に毎日を過ごしているだけだっただろう。

理解したけれど、まだ涙は止まらない。だけど私は決意した。水野くんに思いを告げることを。

このまま伝えないのは、彼に対しての冒涜《ぼうとく》にあたる。

「みず、のくん……」

「――はい」

「だいす、き……です。私は水野蒼太くんが……好き、です。ずっと、ずっと……大好き、です！」

彼を見つめながら最後は叫ぶように言った。すると水野くんは、笑みを濃く刻んだ。

彼は私の頬を優しくなでるように触れる。

そして私たちは、ゆっくりと唇を重ねた。私は目を閉じる。

水野くんの唇は熱くて、やわらかくて――優しくて。

私はますます彼に恋をしてしまう。

――次の瞬間、風が強く頬をたたいた。それと同時に、唇に感じていた愛しい感触が消滅してしまった。

目を開けると、そこにはすでに彼の姿はなかった。月明かりのみが照らす、夜の暗い屋内プールには、私しか存在していなかったのだ。

私はミサンガを握りしめ、その場にしゃがみ込んで、大声で泣いた。

そのあと、一生分の涙を流したかもしれないと思えるほど長い間、私はたったひとりで泣き続けた。

二〇一八年九月　心の一番深い場所

秋分の日の静岡は蒸し暑かった。私はときどき道端に座ったり、水分を補給しながらひとりで田んぼ沿いの道を歩いていた。

田んぼ沿いといっても、それなりに整備されていたので、迷うことはなかったし、歩くのもそこまで大変ではなかった。

秋のお彼岸の日。私はひとりで水野くんの墓標があるはずの場所を目指していた。

私たちふたりが新幹線から投げ出され、そして私が救出され……水野くんが亡くなった場所を。

――水野くんが修学旅行先のホテルのプールで消えてしまったあと。私が彼に思いを告げ、彼がいなくなってしまったあと。

クラスメイトのみんなは、水野くんの存在を忘れてしまっていた。

美結も、新田くんも、内藤くんも、三上さんも、坂下さんも、なっちゃんも。

水野くんが座っていた席は『なんでここ誰もいないんだっけ？』と不自然がられていた。

水野くんの存在を、私以外のすべての人間は、最初からなかったかのように忘れていた。すっかり、完璧《かんぺき》に。――だけど。

美結はたまに『藍に好きな人ができたような気がしたんだけどなあ。誰だったかな？』と私に言う。

新田くんと内藤くんが、『なんか物足りない気がしないか？』『うん。少し前までもっとにぎやかだった気がするんだけどな』なんてことをふたりで言っているのを見た。

三上さんと坂下さんも、『水泳大会の係、もうひとりいたような気がするんだよね』『私もたまに思うんだけど……なんか元気な人だったような』と言っていた。記録では、私がひとりで係をやり、新田くんが二回泳いだことになっていた。

なっちゃんは『最近カレーパンが好きなカッコいい子と仲よくならなかったっけ？でも名前はなんだったかしら……』と、この前言っていた。

――水野くん。あなたの存在は、みんなの中にちゃんと残っているよ。

そんなことを考え、虫に刺されながら歩いていると――。

「……あった」

少し開けた、野花が咲《さ》きみだれる場所にそれはあった。

『水野蒼太　享年《きょうねん》十一歳』と、刻まれた墓標。

周りには、小学生の男の子が好むような、色褪せたおもちゃがたくさん置かれていた。遺族の方がお供えしたものだろうか。

「来たよ、水野くん」

私は話しかけるように言って微笑むと、墓標の隣に腰を下ろした。

そしてリュックの中から、なっちゃんに頼んで作ってもらったカレーパンを取り出し、墓標の前に置いた。

「なっちゃんのカレーパン大好きでしょ？　持ってきたんだ。食べてね」

水筒《すいとう》に入れていたお茶もコップに注ぎ、カレーパンの横に置く。

「——水野くん、元気？　……って聞くのは変か。あ、私は元気にやってるよ」

きっと彼はここにいるはずだ。今日はお彼岸なのだから、亡くなった人が現世にいる日だ。

亡くなったあとの仕組みはよくわからないけれど、彼がここにいると私は思いたい。

「あ！　そうそう！　内藤くんと坂下さん、付き合いだしたんだよー！　坂下さんが内藤くんを好きなのは知ってたけど、内藤くんも坂下さんのこと気になってたんだって。水野くんは知ってた？」

ふたりが付き合いだしたのは、修学旅行が終わってすぐのことだった。

性格の違いが新鮮らしくて、今のところうまくいっているらしい。

「あーあ。私だってね、みんなに水野くんとカップルになれそうって言われてたんだよ。——それがまさかの展開でがっかりだよ」

言いながら、泣きそうになる。しかし私は堪えて、笑顔を作る。

今日は彼に元気な姿を見せにくると決めていたのだ。泣いてはいけない。

ひとりでも前に進めることを、私は彼に見せなければならない。

するとどこからともなく大きなアゲハチョウが、ヒラヒラと羽をはばたかせながら、私の鼻先をかすめた。

そして私が墓標の前に置いたカレーパンの上で、アゲハチョウが羽を休める。

――ああ。彼が来てくれたんだ。私はそう思った。

「相変わらず好きだね、カレーパン」

アゲハチョウは私の言葉に返事をするかのように、羽を一度ばたつかせた。

私は首から下げたペンダントを握りしめる。

水野くんは消えてしまったけれど、彼と私をつないだ証である、あの切れたミサンガは消えずに私の手もとに残った。

これは十七歳の水野くんが存在した証でもある。

私と……みんなと水泳大会の練習をして、大会で二位になって、お店で打ち上げをして花火をして、大阪にも一緒に行って、ふたりで観覧車に乗って……ホテルのプールでキスをした、証明。

私はミサンガのひもに通されていた青いとんぼ玉をペンダントにして、あの日から肌身離さず身につけていた。

彼のことを決して忘れないように。

私は水野くんに恋をした。彼がいなくなってしまった今だって、彼に恋焦がれている。会いたくて会いたくてたまらない。

今は彼のこと以外考えられない。

だけど何年後か——いつになるかわからないけれど、大人になった私は、新しい恋をするかもしれない。

今後出会う誰かを好きになって結ばれて……結婚をするかもしれない。

私は自分の未来に対して、そんなふうに思えるんだ。

だって私は、これからの未来を、希望を持って過ごしたい。過去にすがり続けるのではなく、未来に向かって歩きたい。

『なにかを失うのが怖い』とか『どうせ、いつかパパとママみたいにいなくなってしまうかもしれない』なんて、思いたくない。

まあ、こんなに水野くんに夢中な私が、次の恋をできる日なんて来るのか、ちょっと今は予想ができないけどね。

——だけど、ひとつだけ確かなことがある。

きっともう、こんな恋をすることはない。刹那的《せつなてき》で、六年の時を超えて、自分のすべてを変えられてしまうような、全身全霊の恋は。

あなたの一生に一度の恋は、私にとっても唯一無二の恋だった。

私はあなたを一生忘れない。生まれて初めての、そして人生最後の恋心を、私に抱いてくれたあなたのことを。

たとえ私が誰か別の人に恋をすることになったとしても。私の心の一番深い場所には、きっとあなたがずっといるだろう。

「ありがとう、水野くん。——大好きだよ」

アゲハチョウがカレーパンから飛びたち、私の周りをひらひらとしばらくの間旋回《せんかい》した。

私は嬉しくなって思わず微笑む。するとアゲハチョウは、森の中へと消えていった。

あなたが私にくれた青い奇跡は、私の中でいつまでも生き続けるだろう。

——きっと、いつまでも。

エピローグ

二〇一二年六月　奇跡が起きるなら

【蒼太side】

気がつくと、俺は草むらの上に横たわっていた。

両親と乗っていたはずの新幹線が急にガタガタと揺れだし、猛スピードで急降下して高架下に落ちていったことは覚えている。

どうやら俺は、奇跡的に高架下のやわらかい草むらの上に投げ出されたため、一命を取りとめているようだった。

乗っていたはずの新幹線は近くに見あたらなかった。投げ出された場所が斜面になっていたらしく、体が滑り落ちて事故現場から離れてしまったようだ。

周囲に人の姿はない。俺は本当に、奇跡的な確率で生きのび、この場所にいるらしかった。

だけど状況から考えると、両親の生存は絶望的だろう。

おそらく他の乗客も——俺が大阪のホテルのプールで恋をした、あの子も。

そんな残酷な現実にいきつき、目の前が暗くなる。それと同時に、急に左手首に激痛が走った。

腕をおそるおそる上げて見てみると、血が手首からとめどなく流れ出ていた。

致命的な血管が切れてしまっているようだ。俺は外科医の父に教えてもらった応急処置の方法を必死で思い出す。

そしてとりあえず、ポケットに入れていたハンカチを取り出して、できるだけきつく腕に縛《しば》りつけて、止血をする。

――片手で行ったから、あまりうまくはできなかったけれど。

――すると。

「た……すけてぇ！」

近くから女の子の声が聞こえてきた。はっとして俺は立ちあがり、声のした方へ走る。

出血のせいでふらついたが、俺は気を張ってなんとか声の主のもとへとたどり着いた。

声の主は――あの子だった。

俺に生まれて初めての甘い衝撃を与えてくれたあの子。

プールで優雅に、人魚のように泳ぐその姿が頭からどうしても離れず、これが恋だと俺は初めて知った。

彼女は新幹線の車体の一部と思われる鉄骨に、足を挟まれて身動きが取れないようだった。

あまりよくない状況だ。

長時間体が圧迫されてしまうと、血のめぐりが悪くなり足を切断する可能性も出てくる——というようなことを、以前に父が言っていた。

俺は力を振りしぼって、彼女に覆いかぶさっている鉄骨を蹴《け》りあげた。するとうまくいったようで、鉄骨は彼女の上からどけられた。

「大丈夫？」

うつろな目をする彼女の手を取り、上体を起こしてあげる。下敷きになっていた足はちゃんと動いていた。

よかった。いたるところに切り傷はあるが、大きなケガは負っていないようだ。あの状況で、奇跡としか言えない。

身を起こした彼女はその場に座り込んだ。

俺も隣に腰を下ろす。——というか、すでに出血がひどくて立っていられなかった。本格的にまずい状況だ。

「パパとママは……？」

彼女はぼんやりとした表情で、うわ言のようにつぶやいた。

この子の両親は新幹線とともに高架下へと落ちてしまっただろう。やわらかい草の上ではない場所に。

——たぶん、もう……。

だけどここで事実を伝えてしまったら、彼女の生きる希望がなくなってしまう。ここは事故現場からも離れてしまっている。救助なんていつ来るかわからない。助けが来るまで、彼女はがんばらなければいけないのだ。

「――わからないけど。たぶん、どこかにいると思うよ」

あいまいに言葉を濁《にご》す俺。彼女はしばらくの間なにも答えなかった。そして震える唇で、言葉を紡いだ。

「怖い……ここ、どこ？　パパ、ママ……」

俺の隣でガタガタと全身を震わせる彼女。事故のショックで混乱しているようだった。

予想外で衝撃的な新幹線の脱線事故に直面したのだ。無理もない。

――俺が冷静なのは、きっと人の死を目の当たりにする機会の多い、外科医の父の遺伝子のせいなのだろう。

「――大丈夫」

俺はケガしていない方の手で、彼女の手をそっと握った。

彼女は同い年くらいだけれど、手は俺よりひと回り小さく、驚くほど温かくてやわらかかった。

すると少し落ち着いたのか、彼女の体の震えは止まった。そして彼女は目を閉じた。

しばらくすると規則正しい寝息が聞こえてきた。

精神的にも肉体的にも、疲れていたのだろう。眠れるほど落ち着いてくれて、よかった。

——だけど。

俺の方はもう限界だった。気休め程度の止血なんて、ほとんど効果がなかったようだ。

霞がかかっていく視界の隅に、腕につけていた新大阪駅で拾ったミサンガが映った。今隣にいる、この子が落としたミサンガ。返そうと持っていたのに、返せなかった。綺麗に編まれていたミサンガは、事故の衝撃でボロボロになり、俺の血液も大量に付いていた。どの道この状態じゃ、もう返せないだろう。

ミサンガは願いをかけて身に着け、ひもが切れた時に願いが叶うという話を聞いたことがある。

ミサンガはかろうじてまだ切れていなかった。俺は朦朧《もうろう》とする頭で、青いガラス玉が通されたそれに、こう願った。

——この子が生き残りますように。両親を失っても、元気で笑って過ごせますように。

そして、もし奇跡が起きて、俺が生き残ることができたら。生きて、この子ともう一度会うことができたなら。

この子と仲よくなれますように。――両想いになれますように。

そう願い終えた瞬間、体全体が弛緩《しかん》し、目の前が暗転した。ああ、死ぬんだなとぼんやりと思った。

その寸前、全身の力が抜け、腕が震えた拍子にミサンガのひもが切れた――ように見えた。

Ｆｉｎ.

あとがき

こんにちは、湊 祥です。この度は、『あの時からずっと、君は俺の好きな人。』を手にして、読了していただきありがとうございます。この作品は、『一生に一度の恋』小説コンテストで、僭越《せんえつ》ながら最優秀賞を受賞した作品です。

コンテストに応募するにあたってもっとも私が悩んだのは、『一生に一度の恋を、どう表現するか』ということでした。

きっと、現在本気で恋をしているすべての女の子は、その恋が一生に一度だと信じ、大好きな人と結ばれるように、毎日全力でがんばっていると思います。

しかし、小説で一生に一度の恋と言い切るには、その恋の当事者だけではなく、誰が読んでも、『ああ、こんな恋をするのはまさしく一生に一度だろうな』と感じていただかなくては、説得力がありません。

一生に一度の恋。それはきっと、その恋に出会わなければ、人生のすべてが違っていたような恋なのではないかと思います。

その恋をするまでは、解決の糸口さえも見つけられなかったような深い悩みやトラウマを、あっさりと乗り越えてしまえるような。自分の一切合切、すべてを変えられてしまうような――それが、きっと一生に一度と言える恋。

そんな恋を表現できるようがんばって書いたのですが、いかがでしたか？　ひとりでも多くの方に、『一生に一度の恋』感を味わっていただけていたら幸いです。

この話の結末については、『切ないけど、心が温まった』『前向きな気持ちになれた』というご感想を、嬉しいことに多くいただいております。

ただ『悲しい』『泣ける』というお話ではなく、その先にある希望を感じていただけるような物語を目指していたので、今回読んでいただいた方にも温かみのある読後感をお届けできていたら嬉しいです！


最後になりましたが、切なかわいくてイメージどおりのイラストを描いてくださった杏様、この作品を最優秀賞という身に余る賞に選出してくださったスターツ出版の皆様ほか、この本にかかわってくださったすべての方々に、深く感謝を申し上げます。

そして、ここまで読んでくださった読者の皆様、本当にありがとうございました！

これからも、少しでも皆様の心に響く作品を創りあげられるようにがんばっていこうと思います。どうぞよろしくお願いいたします。

二〇一九年三月二十五日　湊祥

作・湊 祥（みなと しょう）

宮城県出身、東京都練馬区在住。在宅でWeb関係の仕事をしながら、のんびり小説を書いている。好きな物は猫、チョコレート、旅行。美味しいものを食べている時が至福の瞬間。2018年11月、本作（原題「あのとき僕は、君の青に願った」）が「一生に一度の恋」小説コンテストにて最優秀賞を受賞。本作で作家デビュー。現在も執筆活動を続けている。

絵・杏（あん）

HAPPYを表現したい絵描き。『彼女たちは語らない』（LINEマンガ）完結。『恋の音が聴こえたら、きみに好きって伝えるね。』、『好きって言ってほしいのは、嘘つきな君だった。』、『こっちを向いて、恋をして。』、『ハチミツみたいな恋じゃなくても。』の装画を担当（すべてスターツ出版刊）。ホームページ名『Ann_u_u』

湊 祥先生への
ファンレター宛先

〒104-0031　東京都中央区京橋1-3-1　八重洲口大栄ビル7F
スターツ出版（株）　書籍編集部気付　湊 祥先生

この物語はフィクションです。
実在の人物、団体等とは一切関係がありません。

あの時からずっと、君は俺の好きな人。

2019年3月25日　初版第1刷発行

著　者　湊 祥 ©Sho Minato 2019

発行人　松島滋

イラスト　杏

デザイン　齋藤知恵子

DTP　朝日メディアインターナショナル株式会社

編集　若海瞳　佐々木かづ

発行所　スターツ出版株式会社
〒104-0031
東京都中央区京橋1-3-1 八重洲口大栄ビル7F
出版マーケティンググループ TEL 03-6202-0386
（ご注文等に関するお問い合わせ）
https://starts-pub.jp/

印刷所　共同印刷株式会社
Printed in Japan

ISBN 978-4-8137-0649-6　C0193

泣きキュンも、やみつきホラーも！

野いちご文庫人気の既刊！

『それでもキミが好きなんだ』

SEA《シー》・著

夏葵は中3の夏、両想いだった咲都と想いを伝え合うことなく東京へと引っ越す。ところが、咲都を忘れられず、イジメにも遭っていた夏葵は、3年後に咲都の住む街へ戻る。以前と変わらず接してくれる咲都に心を開けない夏葵。夏葵の心の闇を聞き出せない咲都…。両想いなのにすれ違う2人の恋の結末は!?

ISBN978-4-8137-0632-8　定価：本体600円＋税

『女トモダチ』

なぁな・著

真子と同じ高校に通う親友・セイラは、性格もよくて美人だけど、男好きなど悪い噂も絶えなかった。何かと比較される真子は彼女に憎しみを抱くようになり、クラスの女子たちとセイラをイジメるが…。明らかになるセイラの正体、嫉妬や憎しみ、ホラーより怖い女の世界に潜むドロドロの結末は!?

ISBN978-4-8137-0631-1　定価：本体600円＋税

『初恋のうたを、キミにあげる。』

丸井《まるい》とまと・著

少し高い声をからかわれてから、人前で話すことが苦手な星夏は、イケメンの慎と同じ放送委員になってしまう。話をしない星夏を不思議に思う慎だけど、素直な彼女にひかれていく。一方、星夏も優しい慎に心を開いていった。しかし、学校で慎の悪いうわさが流れてしまい…。

ISBN978-4-8137-0616-8　定価：本体590円＋税

『キミに届けるよ、初めての好き。』

tomo4《トモヨ》・著

運動音痴の高2の紗百は体育祭のリレーに出るハメになり、陸上部で"100m《ヒャク》の王子《プリンス》"と呼ばれているイケメン加島くんと2人きりで練習することに。彼は100mで日本記録に迫るタイムを叩きだすほどの実力があるが、超不愛想。一緒に練習するうちに仲良くなるが…？　2人の切ない心の距離に涙!!

ISBN978-4-8137-0615-1　定価：本体600円＋税

書店店頭にご希望の本がない場合は、書店にてご注文いただけます。